JN038062

暴君公爵の不敵な溺愛

「思い出すまで逃がさない」と迫られてます

教山ハル

富士見L文庫

contents

the tyrant duke's
fearless love

序章　目覚め

重い瞼《まぶた》を無理やり開くと、今まで見たこともないような豪華な天井の下にいた。

いや、天井だけじゃない。身を横たえる寝具も壁も窓も一目でそれとわかるほど壮麗で
――。

「きゃあっ！」

思わず喉から悲鳴が漏れた。

朝日を透かす窓のガラスに大きな蛇が這《は》っているのが見えたからだ。蛇は慄《おのの》く私に頓着することなく、まるでそこが自分の住処《すみか》であるかのように落ち着いている。目を離すことができずに深緑色の鱗《うろこ》を見詰めていると、

「騒々しい目覚めだな」

不意に背後から声をかけられ、今度は悲鳴も上げられないほど驚いた。

「その様子だと体に異常はなさそうだな」

振り返ると、この世のものとは思えないほど美しい男性が立っていた。

誰だろう、この方は。麻痺《まひ》した頭で考える。身分の高さは纏《まと》う衣服と放つ威厳から容易

に察しがつく。真っ直《ま》ぐ《す》で艶《つや》やかな髪も、切れ長の目に光る大きな瞳も、夜空を切り取ったように真っ黒で、白い肌に幻想的ともいえる対照を描いていた。

まさか天使様？　いやしかし、そう呼ぶには少々、

「聞こえているなら返事をしろ！」

気が短すぎるように思う。ベッドの上で身を起こす。声が掠《かす》れて喉が詰まった。男はそんな私を無遠慮に見詰め、

「何があった。知っていることは全て話せ」

命令することに慣れた口調で言った。

本当に誰なのだろう、この方は。そして、ここは……。

「言っておくが、このカイ・ラグフォルツに嘘《うそ》は通用しないからな」

――カイ・ラグフォルツ。

言葉の稲妻が頭の靄《もや》を消し飛ばした。同時に、辛《かろ》うじて繋《つな》がっていた意識の糸の最後の一本を焼き切る。

その名は、まさか。

「ぼ、暴風公爵……」

やっとの思いでそう漏らし、私は再び意識を手放した。

一章　一日目

「寝るなあっ！」

　ああ、手放したのに。

　どうやら彼の側は私を手放すつもりはないらしい。再びベッドに倒れこもうとする私の両肩を大きな掌《てのひら》が捕まえた。

「丸々三日寝こけてまだ寝る気か！　一刻の猶予もならんというのにこれ以上俺の時間を無駄にするな！」

　そして、揺らすこと揺らすこと。

「寝るな！　起きろ！　起きろ！」

「お、起きました。起きました。もう寝ません。起きました」

「起きろと言っているだろう！」

　ああ、すごい。この人、全然話を聞いていただけない。絶対天使様じゃない。

「何ごとですか、閣下。うわぁ、何をなさっているんですか」

騒ぎを聞きつけてくれたのだろうか、乱暴に部屋の扉が開かれた。

「正気ですか、閣下。相手は怪我人《けがにん》ですよ。落ち着いて。一度座りましょう。閣下、どうぞこちらへ」

飛び込んで来た青年は、激怒するカイをなだめすかして椅子に座らせると、

「気が付かれたのですね、お嬢さん。良かったです」

振り返りざまに笑顔を光らせてそう言った。

ああ、こっちだ。天使様はこっちだった。見ず知らずの私を気遣う優しさも穏やかな物腰もさることながら、腰まで届く金色の髪の毛といい青い瞳といい、物語の挿絵から抜け出してきたかのようだ。

「申し遅れました。私はニコラと申します。カイ様の下で執事を務めております。気を失っている間随分とうなされていましたが、どこか痛むところはございますか？」

「痛む……？」

そう問われ、改めて自分の体に意識を向けてみると、思い出したように体のあちこちが痛みを訴え始めた。幸い耐え切れないようなものはないけれど、少し怖かった。

なぜ、痛むのだろう。

何の怪我なんだろう。よく見ると手足にいくつかの治療の跡もある。

「一応一通りの治療は済ませてあります。失礼とは思いましたが着替えのほうも。何せ全

身ずぶ濡《ぬ》れでしたので」

ずぶ濡れ？　なぜだ。なぜ私はそんなことに……。

「覚えていませんか？　あなたはローゼ川の畔《ほとり》で気を失っていたところを閣下に発見され救出されたのですよ」

ローゼ川……川？　どこだろう、私はそんなところで何を？

「運よく見つけられたが、あんな場所夜中に修道女が一人でいるところじゃない。お前、何をしていたんだ」

椅子の上で行儀悪く足を組みながらカイが尋ねる。

何をしていたのか……私は……。それに修道女って、私のことか？　私は……。

頭の中にまた靄がかかり始める。目の奥にズキリと痛みが走った。

「お前の身に何があった？　お前は何を見たんだ？」

私は……何を……。

「どうしました？　やはりどこか痛みますか？」

「待て、ニコラ」

従者の言葉を手で制してカイは質問を続ける。

「そう言えばまだ名前を聞いていなかったな。女、名前は何という」

「名前……」

また目の奥に痛みが走る。

私は……私は……。

「わかりません」

「何？」

「……わかりません」

「どういうことだ？　どの質問に答えた？　わかるように答えろ」

「全てです」

「…………」

「何も、わかりません」

私は何者なのだろう。何をして、なぜここにいるんだろう。

何もわからない。

カイが訝《いぶか》しむように眉を顰《ひそ》め、組んだ足をゆっくりと下ろした。

その肩の向こうから、見知らぬ女が私の顔を覗《のぞ》き込んでいる。茶色の髪の毛を肩まで伸ばした女だった。青白い顔、痩せぎすの体。私が右手で右の頬を触れば、女は左手で左の頬に触れる。私が左手を上げれば女も右手を上げた。

恐怖が油のように体を覆い、じわりと皮膚にしみ込んだ。

ああ、そんな。ああ、神様。

これは鏡だ。私と鏡の中の見知らぬ女が同時に目を見開いた。

……あなたは、誰？

私はこの時初めて、自分の記憶が全て抜け落ちていることに気が付いた。

「これは、我亡《われな》くしですね」

診察を終えた老医師は、カイの方を振り返ってそう告げた。

「我亡くし……ですか」

腕を組んだまま何も言わない主人に代わってニコラが言葉を返す。

「はい、頭部に外因性の強いショックを受けた影響でそれまでの記憶を喪失してしまうという、あれです。ご存じでしょう」

「記憶の喪失……そうですね、物語などでは聞いたことがあるのですが」

「非常に稀有《けう》ではありますが、実例はいくつかございます。もっとも私も診るのは初めてですが」

「治療法はあるのでしょうか？」

「こればかりはなんとも。何せあまりにも症例が少ないもので。本人と縁の深い場所へ連れて行けば回復するという話も聞いたことがありますが、伝承の域を出ないとしか」

「そうですか」

……まるでお芝居みたいなやり取りだな。

医師とニコラのやり取りを、私はどこか他人事《ひとごと》のように眺めていた。

我亡くし。私も聞いたことくらいならいくらでもある。それこそ物語や神話のレベルでだけれど。不思議なものだ。自分のことは名前ですら思い出せないのに、我亡くしという言葉だけはわかるなんて。

「そうだ、これはどうでしょう。お嬢さん、これを見て何か思い出すことはありますか？あなたが倒れていた時に着ていらした物なのですが」

そう言って、ニコラは乾いてばりばりになった修道服を寄越してきた。分厚くて粗末な生地だった。手には馴染《なじ》むけれど記憶に訴えかけるものは何もない。

黙って首を振ると、次にニコラは一冊の書物を手渡してきた。分厚い。どこにもタイトルの印字はなく、黒い表紙に白い羽根の模様が刻まれている。

中を開けなくてもわかる。マルジョッタ皇国の国教、天羽《あまはね》教の聖書だ。覚えは確かにあるけれど、記憶を刺激するものは何もない。

首を振ってそれを返すと、

「もういい。いい加減にしろ」

その手を振り払うようにして、それまでずっと黙っていたカイが立ち上がった。

「こんな茶番に付き合っていられるか。おい、女。見え透いた嘘《うそ》はもうやめろ。正直に本当のことを言え」

「嘘だなんて。私はずっと正直にお話ししています」

「まだ言うか」

ひゅんと空気が鳴って、前髪が微《かす》かに揺れた。瞬きをしたのはほんの僅か。

まさにその一瞬で白刃が目の前に迫っていた。いつ抜いたのか、全くわからなかった。

ただ、気が付けば鼻先に剣の切っ先を突きつけられていた。

そう認識した瞬間、冷や汗がどっと額から噴き出した。

「閣下、落ち着いてください」

「俺は冷静だ。冷静にこの女の嘘を見抜いている」

「だ、だから嘘など申していません。いったいどうして」

「ほう、この状況で芝居を続けるか。豪気な修道女がいたもんだ」

「芝居じゃないんです！」

「ではなぜ、俺の二つ名を知っている？」

「え……？」

　カイの漆黒の瞳がギラリと閃《ひらめ》いた。

「もし記憶がないというなら、なぜ俺の二つ名を知っているのかと聞いている」

「二つ名ですか……？」

「お前は目を覚まして俺の名前を聞いた時、確かに言ったな。『暴風公爵』と。それはそれは嫌そうな顔をして。お前は俺を知っている。知っていて知らないふりをしているだけだ。あの歪《いびつ》な表情が何よりの証拠だ」

「そ、それは……」

「それは、なんだ？」

「……言えません」

「言わねば殺す」

　剣先が光を弾いて翻り、首筋にヒタリと冷たい刃が当たった。

　息が止まる。闇を凝縮したようなカイの瞳から氷のごとき殺気が迸《ほとばし》った。

　脅しでないことは尋ねるまでもなくわかった。でも、言えない。これだけは。靄《もや》のかかった頭でもわかる。これだけは言ってはいけない。

「二度は言わんぞ。俺に剣を汚させるな。お前は何を隠している？　記憶をなくしたお前が、なぜ俺の名前にあれほど過剰に反応した？」

　ごくりとニコラが唾《の》を呑む音が聞こえた気がした。動脈に添えられた刃にじりじりと力が籠る。でも、これだけは言ってはいけない――人として。

「言え！」

「たとえ記憶をなくしても蛇とかは怖いのでっ！　それと同じ現象だと思いますっ！」

ああ、言ってしまった。元気一杯に。

「ん……蛇？」

はい、蛇です。あと蜘蛛《くも》とか百足《むかで》とかトカゲとかも怖いです、バリバリ。

「――ふっ」

誰かの噴き出す音が聞こえた。

「ニコラ」

「私ではありません」

「……ニコラ」

「違います」

「では、顔を上げてみろ」

「お、お許しください」

「ニコラ！」

私の喉を圧迫していた剣が、顔を背けて肩を震わせるニコラの方へと翻った。

ああ、いけない。今度は天使様が殺されてしまう。

「恐れながらよろしいでしょうか、公爵」

堪《たま》らずといったふうに老医師が二人の間に割って入った。

「我亡くしというのは、何も覚えていたことを全て忘れるというものではございません。己に関する記憶だけが失われ、一般常識等は残るのが普通とされております。ですので、この娘が公爵のことを覚えていても何も不思議なことはないかと」

「一般常識だと?」

そんな老医師をカイはぎろりと音が出るほど睨《ね》めつける。

「じゃあ何か、このカイ・ラグフォルツが蛇蝎《だかつ》の如《ごと》く嫌われるのはこの世の理《ことわり》だとでも言うつもりか」

「あ、いえ、決してそういうわけでは」

「か、か、閣下。お、お、落ち着いて……ま、また民に……き、き、嫌われます。あははは」

「お前はまずそのにやけ面を何とかしろ!」

どうしよう、私の一言で場が荒れている。だから言うのを躊躇《ためら》ったのに。縋《すが》るように窓を見ると、無責任にも蛇は姿を消していた。

「くそ、もういい。世話になったな、謝礼を受け取って帰れ。このことは他言無用だぞ」

色々と面倒くさくなったのだろうか。カイはぶっきらぼうに老医師に言い捨てると、剣を収めて疲れたように椅子に腰を下ろした。

額を押さえた指の隙間で黒い瞳が僅かに輝く。それはまるで、白昼突然に星空の小窓が開いたようで、場違いにもほんの少しだけ心が震えた。

「いいだろう、女。お前の言い分を信じてやる」

部屋を出て行った老医師の足音が完全に聞こえなくなるのを待って、カイは溜息《ためいき》交じりにそう言った。

「言い分……？」

「お前が我亡くしであることを信じてやると言ったんだ、喜べ」

「あ、ありがとうございます」

……で、いいのだろうか。

「あ、あの、カイ様」

「なんだ？」

「ということは、私もここから帰してくれるということなのでしょうか？」

であれば、本当に喜ばしいのですが。

記憶もないし帰る当てもないけれど、それでももうこれ以上この部屋にはいたくない。

暴風公爵・カイ・ラグフォルツ。今のところはその二つ名に恥じぬ暴れようだった。

信仰心の篤《あつ》いマルジョッタ皇国において神をも恐れぬ存在と忌み嫌われ、公爵という公の存在でありながら傍若無人、唯我独尊を貫く不良貴族。

……まさか、こんなに美しい方だったなんて。てっきり、獣のような大男だとばかり思っていたのに。睫《まつ》毛《げ》が長い。怖いはずなのに宇宙を凝縮したような黒い瞳を見つめずにはいられない。

「なんだ、貴族の顔を不躾《ぶしつけ》に睨めつけおって。さては俺の美貌に目を奪われたか、この不良修道女め」

ふ、不良と言われた！　暴風公爵に不良と！　これだから貴人は嫌いです。もう帰りたい。

「冗談はさて置きだ。残念だろうが、お前はまだ帰すわけにはいかん」

「なぜですか」

「お前が、俺の立場を救う切り札になる可能性があるからだ」

カイの真っ黒な目に妖しい艶が混じった気がした。

「切り札……私がですか？」

「正確に言うとお前の記憶がだ。今から忘れん坊のお前の記憶を戻すために、俺が直々に状況を説明してやろう。国家の存亡にかかわる重大な情報だ。心して聞け」

「こ、国家の存亡？」

そんな話をなぜ、私に？　そもそも喋《しゃべ》っていいのですか？　「お待ち下さい、閣下。話すおつもりですか？　相手は修道女ですよ。情報を明かす際は慎重に身元を精査せよとのお達しが――」

ああ、やっぱりだめなんですね。ニコラが血相変えて制しようとするが、

「知ったことか。どうせ遅かれ早かれ知れることだ。おい、不良修道女。今から話すことは国家機密だ。絶対に漏らすな。質問もなしだ。聞き返すことも許さん。破れば舌を焼いて肥料にしてやる。わかったな？」

「結構です。お聞かせいただかなくても結構でございます。帰してください、今すぐに」

「もう遅い。話はすでに始まっている」

まだ始まっていないはずですが！　まだ間に合うと思いますが！

「その前に名前がないと不便だな。いつまでも不良修道女不良修道女と呼ぶのも長ったらしくて面倒だ」

『不良』をつけるからでございます。『修道女』だけであればそれなりに呼び易《やす》うございます。

「よし、俺が名付け親になってやろう」

そう言うと、公爵は切れ長の美しい目を一瞬宙に逃がし、

「ルチェラだ。お前は今日から思い出すまでその名で通せ」

「ルチェラ……ですか？」

「気に入れ」

そんな。聞いたことのないご命令を。

「異国語で蛙《かえる》という意味だ」

何か、蛇呼ばわりしたことを根に持たれている気がします。

「では聞け、ルチェラ。ことは聖皇帝《せいこうてい》アディマ様に関わる重大事だ……アディマ様は覚えているな？」

「はい、もちろんです」

八百年の歴史を誇る我らが祖国マルジョッタ皇国の現皇帝アディマ様。若くして即位したが、賢君と名高く国民の評判もすこぶる良《い》い。

「そのアディマ様が亡くなられた」

「ええ！　アディマ様が！」

「…………」

「…………」

「――あっ」

聞き返したら舌を焼かれるんだっけ？　咄嗟《とっさ》に唇を掌《てのひら》で押さえた。

「……四日前の夜のことだ。お忍びで城を出られた陛下は数人の供を連れてローゼ川を渡河する際に石橋の崩落に巻き込まれて身罷《みまか》られた」

おお、セーフ。見逃してもらえた。よかった、今度からは気を付けよう。

「地震や嵐の類《たぐい》は起きていない。目撃情報によれば陛下が橋を渡るタイミングで、なんの前触れもなく突然石で出来た橋が崩れ落ちたそうだ」

石橋が……崩落……？

口に出して言えないので心の中で繰り返した。

なぜだろう、鼓動が速まる。息が苦しい。目の奥がズキリと痛んだ。

「凡《おおよ》そあり得ることではない。橋が架けられたのは一か月前、造ったのは俺だ。だからわかる。あの橋はたった一か月で落ちるようなやわな造りはしていない。だが実際に橋は崩れ、皇帝陛下は亡くなった。八公爵は皆大騒ぎだ……八公爵も覚えているな」

もちろん、覚えている。

聖皇帝の下にあって長らく国を支える八つの公爵家。ローリー、ブラウト、ジルバ、グリーエル、ネス、トルガン、ルウェンディア、そして、ラグフォルツ。この国に暮らす者はもちろん、隣国に住まう者ですらその名前を知らぬ人間はいないだろう。

「やつらは橋に欠陥があったとして、架橋したこの俺を弾劾するつもりでいるらしい。口さがない者の中には、俺が皇帝を暗殺するためにわざと崩落させたと言い出すやつまでいる」

ああ、さすがは暴風公爵。身内からのご評判も散々であらせられる。

「何か言ったか、蛙」

「いいえ、何も」

あと、ルチェラとお呼びください。決してその名前が気に入ったわけではありませんが、そのままストレートに蛙呼ばわりされるよりは傷が浅《あさ》うございます。

「この俺が聖皇帝暗殺など馬鹿馬鹿しい。言葉にするのも不愉快だ。証拠だってありはしないが、そんなことはやつらにとってはどうでもいいらしい。故意であったにしろ事故であったにしろ、とにかくアディマ様崩御の責任が俺にあるという流れが出来ればそれで間に合うということだ」

間に合う？　何に？

「現皇帝アディマ様はまだ若かった。子はいないし、兄弟もとうの昔に亡くなられている。つまり跡継ぎがいないということだ。これがどういうことかわかるか」

「えっと……」

わからないから教えてください。そう尋ねたら舌を焼かれてしまうのだろうか。

「数百年ぶりに、この国で『選択の儀』が行われるということだ」

「選択の儀……ですか？」

「知っているのか？」

利那、漆黒の瞳に刃のような鋭さが混じった気がした。

「いえ、何も」

「……そうか」

正直にそう答えると、カイは刃を鞘《さや》に収めるかのように視線を床に逃がす。

「まあ、知らなくて当然だ。市井には伏せられている情報だからな。ニコラ」

「はい。選択の儀とは、皇帝が世継ぎを残さずに亡くなった場合に行う儀式のことです」

主《あるじ》の後を受けてニコラが言葉を続ける。

「八公爵の当主を一所に集め、その中から次期皇帝を選び出します」

「公爵様の中から次期皇帝が選ばれるのですか？」

王の血族からではなく？

「八公爵家は元を辿《たど》ればどこも皇帝の遠縁に当たりますから。誰が選ばれても皇帝の血筋は守られることになるのです」

「はあ、なるほど。でも、それと私に何の関係が……？」

この人になら質問をしても舌を焼かれはしないだろう。そう思ってかねての疑問を口に出してみる。

「選択の儀は次期皇帝を選ぶ神聖な儀式です。一応神の声を聴くという体はとっていますが、そもそも相応《ふさわ》しくない者は出席することすら許されません。つまり、その……皇帝殺しなどという疑いがかけられてしまえば、まっさきに弾《はじ》かれて儀式に参加すらできないということに……」

チラチラと主の顔色を窺《うかが》いながら、ニコラは言葉の最後を濁らせた。カイは不愉快そうに鼻を鳴らす。

「このままでは選択の儀は俺を抜きにして進められることになる。そんな事態は、絶対にあってはならない」

なぜあってはならないのか聞いてもいいのだろうか。

「……アディマ様のご遺志を継げるのはこの俺だけだからだ。次期皇帝はこのカイ・ラグフォルツ以外にありえない。もし他の人間が跡を継いでしまえば、この国の民にとって計り知れない損失となる」

ああ、ご自分で。そういうことをご自分で。さすがは暴風公爵。

「繰り返すが、俺は聖皇帝を殺してなどいない。決してない。ましてや手抜き工事なども ってのの外だ。つまり、この状況を狙って引き起こした者がいると考えられる——だが、俺がいくら訴えたところで耳を貸す人間はいないだろう。他の公爵の協力も期待できない。奴らからすれば、次期皇帝の座を争うライバルは一人でも少ない方がいいだろうからな。だから俺には、俺の無実を証明する証拠がいる。そこでお前だ、ルチェラ」

「は、はい」

「お前はあの夜、ローゼ川の畔《ほとり》に倒れていた。崩れた石橋のたもとのすぐ真下でだ。お前は何かを見たはずだ」

「私が……ですか？」

聞き返さないと決めていたけれど、ついつい言葉を返してしまった。カイはそんな私を正面から見据えて言葉を続ける。

「思い出せ。お前はそこで何を見た」

カイの目は不思議な目だ。見つめられると目が離せなくなる。吸い込まれそうで怖いのに、もっと見つめていたくなる。

「俺には時間がない。選択の儀は聖皇帝崩御が公表された後、遅滞なく開催されるという。それまでに証拠がいるんだ。何がなんでも思い出せ」

「わ、私は……」

またただ。また目の奥に痛みが走った。なんだろう、この痛みは。熱さと重みを伴う、刺すような痛み。それはどんどん大きくなり、

「痛いっ、痛いです」

耐え切れず布団で目頭を覆った。

途端に耳を轟音《ごうおん》が襲う。目を開けられない闇の中で音の波が荒れ狂う。これは何かが崩れる音。大きな何かが水を打つ音。そして——。

「どうした、ルチェラ。何か思い出したのか？」

「わかりません。でも、聞こえます。悲鳴が……聞こえます」

「誰だ。その悲鳴を上げているのは」

「わからない……一人じゃありません……いくつもの悲鳴が重なって」

また目の奥に痛みが走った。

誰かに無理やり瞼《まぶた》を開かれて針で刺されるような……いや違う。痛みは中からだ。頭の奥に発生した尖《とが》りが、瞳を突き破って飛び出ようとするように……。

耐え切れず、布団に突っ伏した。目を閉じた私の肩に誰かの手が添えられる。大きくて熱い掌。

「閣下、ここまでにしましょう。これ以上は負担が大きすぎます」

ニコラの深刻そうな声が耳に届いた。悲鳴が、何かが崩れる音が、徐々に遠ざかっていく。同期するように目の奥の痛みが引いて行った。

「そうだな。これで十分だ」

「カイ様……」

目を開くと、目の前にカイの顔があった。

鼓動が跳ね上がる。漆黒の瞳に一瞬にして心が搦《から》め捕られる。美しい。こんな時であってすら、高鳴る心臓の節操のなさが恨めしかった。

「よくやったぞ、ルチェラ。やはり、お前は何かを見たのだ。記憶を奪うほどの強烈な何かを。今はそれがわかっただけでも十分だ」

今は……？

「ニコラ、明日からの予定は全て破棄だ。お前も忙しくなるぞ、覚悟しろ」

「かしこまりました」

「お、お待ちください、カイ様！」

何かが望まぬ方向に動き出している。本能的にそう感じて公爵を呼び止めた。

「どうした、ルチェラ。また何か思い出したか？」

「いえ、何も。そうではなくて、私はもう帰していただけるのでしょうか？」

「帰る？」

「は、はい」

「……何をバカなことを言っている？」

発された言葉よりも表情の方が雄弁にその心情を物語っていた。カイは私のこめかみに指を添えて薄い唇を開く。

「お前が帰れるはずがないだろう」

「なぜですか？」

「二度も言わせるな。お前は大事な切り札だからだ。お前の頭の中から俺の無実を示す証拠が転がり出てくるまで、お前をここで監禁する」

「そんな、横暴です！」

「横暴かどうかは公爵である俺が決めることだ」

「そんなわけがないでしょう！　なんのための法律ですか！」

「ほう、公爵の俺に法を語るか。何の法に抵触してるか言ってみろ、全て捻《ね》じ曲げてやる」

「わ、私は修道女なのですよね？　であれば、私の身は天の御神のもののはずです。帰さなければ天罰が下りますよ！」

「神などいない」

今です、神様！　天罰をお急ぎください！　こんな不敬が許されていいのですか。

「万一神がいたとしても、もう関係はないのだ」

「え……？」

不敵な笑みを漏らしたカイは、先ほど剣を抜いた時と同じ速さで右手を振るい、私の体を抱き寄せた。

「な、何を？」

「ルチェラ」

「いや、離して」

「ルチェラ！」

「なんですか！」

目の前にカイの顔があった。傍若無人で不敬で不遜で、見とれるほど美しいカイの顔。

「そう、お前はルチェラだ。修道名を捨て俺が与えた名前を受け入れたお前は、もう神のものではない」

「え？」

「その空っぽの頭に刻み込め。今日からお前は、頭の中まで俺のものだ」

「……そ、そんな」

「喜べ」

また無茶な命令を下して、カイはにやりと口の端を持ち上げた。

息のかかる近さで目の当たりにしたその笑顔は息も止まる程の美しさで、私は言うべき言葉の全てを失った。

二章　二日目

頭の中に嵐が吹き荒れていた。

強烈な風は刃となり、私の両目を内側から切り裂くように吹き付ける。

痛みに耐えかねて蹲《うずくま》ると、暴れる風は不意にその勢いを収めた。まるで傷ついた私を労《いた》わるように癒《いや》すように、そよ風となって鼓膜に囁《ささや》く。

『お前は、頭の中まで俺のものだ』


「絶対嫌ですっ！」

寝汗まみれで飛び起きると、私はまた豪華な天井の下にいた。

今度は、見覚えのある天井だった。

額の汗を袖で拭い、恐る恐る部屋の中を見回してみる。

まず目に飛び込んできたのは繊細な模様が描かれた上品な壁紙……これは、知っている。

次に薄いブルーのカーテンがかかった大きな窓……これも、知っている。

ベッドの脇の小さな椅子、知っている。重厚そうなオークの扉も、全身を映せる大きな鏡も、知らないものは一つもない。

　良かった、どうやら記憶は全て無事に残っているようだ。

　ベッドの上で安堵《あんど》の溜息《ためいき》をついた。昨晩は、寝て起きてまた全て忘れていたらどうしようと考えると、眠ることが怖くて仕方がなかったけれど。

「もう……大丈夫だよね？」

　そこに記憶のスイッチがあるかのようにこめかみを押しこんでみた。

　私の名前は、ルチェラ。異国語で蛙《かえる》の意味。

　肩書きは、元修道女。

　聖皇帝《せいこうてい》アディマ様が亡くなった石橋崩落事故の目撃者。

　ただ今、暴風公爵ことカイ・ラグフォルツ公爵の邸宅に監禁中。

　暴風公爵の無実の証拠を思い出すまで解放はされない。

「よしよし、ちゃんと覚えてる。これで一安心ね」

　よくよく考えればどれ一つとして安心できる情報はなかったけれど、とにかくもう記憶を失う恐れはなさそうだ。

　素足のまま毛足の深い絨毯《じゅうたん》を踏みしめた。小鳥の囀《さえず》りに誘われるまま窓のカーテンを払ってみる。真新しい朝日が洪水のように降り注いだ。目の奥に痛みを感じて顔を背けると、鏡の中で眉を顰《ひそ》める痩せた女と目が合った。

「……ねえ、あなたは誰なの？」

一晩経《た》ってもしっくりこない顔だった。これが本当に私なのだろうか。

改めて見ると酷《ひど》い顔をしている。顔色は土気色だし、頬はげっそりとこけているし、肌はがさがさで張りがない。おまけに頭には竜巻が通り過ぎたような寝癖が乗っかっている。

「どう贔屓目《ひいきめ》に見ても、今しがた墓場から這《は》い出てきたばかりの死体よね」

こんな死に顔を、あの美しい公爵様に晒《さら》していたのか。

だけじゃない。体に触られ、剣まで向けられて、あまつさえ抱きすくめられたうえに——。

『お前は、頭の中まで俺のものだ』

……悪寒が背筋を駆け上がった。

逃げなくちゃ。本能的に確信した。こんなところにいてはいけない。

カイ・ラグフォルツ。傲慢で尊大で毒舌家で自己中心的な暴風公爵。

先人達が大切に積み上げてきた慣例や慣習を破壊し、誰の命令も聞かず、神の言葉にも耳を貸さない。人を人とも思わず、口から出てくるのは罵詈《ばり》雑言と無理難題ばかり……などなど悪評は枚挙にいとまがないほどだ。

行く当てもないし相変わらず記憶が戻る兆しもないけれど、このまま暴風公爵の手の内にいるよりは安全なはずだ。私が本当に修道女だというのなら、どこかの教会に逃げ込めばきっと保護してもらえるはず。見たところ、この部屋には見張りもいないし今ならいける。神よ、お力をお貸しください。

そう決断して窓に取りついた瞬間、

「おはようございます。入ってもいいですか？」

許可を求める言葉のはずなのに、私の返事を待つことなく扉が開いた。

「ルチェラさん、お加減は……悪くないようですね。もう立っても平気なんですか？」

「は、はい。お陰様で！」

咄嗟《とっさ》に窓枠にかけた右足を下ろして振り返ると、ラグフォルツ家の若執事がもう一つの朝日のような笑顔を輝かせて戸口に立っていた。

「部屋が暗かったですか？　少々お待ちくださいね」

ニコラは仕える主人の横暴さと帳尻を合わせるかのような柔和な所作で、一つ一つ部屋のカーテンを開けて回った。彼が窓に近寄るたびに部屋に光が溢《あふ》れていく。それはまるで地上に明るさをもたらす天使のようで――。

あ、ヤバイヤバイこっちにやってくる。私は逃げるようにベッドの中に潜り込んだ。

……さっき逃げようとしていたの、バレていないのかしら？

布団を鼻まで引き上げて若執事の挙動を盗み見る。ニコラは鼻歌交じりに全てのカーテ

ンを開いて窓を開放すると、そのままゆっくりとベッドの脇に歩み寄り、

「失礼します」

花嫁のベールを捲《めく》るように私の布団をそっと剝がした。

「え……？」

カイとは別種の美しい顔が目の前にあった。穏やかな笑顔、キラキラと輝く金色の髪、海の結晶のような青い瞳。

「あの、ニコラさん……」

「お静かに」

ニコラは長い人差し指を形のよい唇に押し当て、また私の顔を覗《のぞ》き込む。

えっと、長くないですか？　いつまで見つめられているの？　これ以上は顔が火を噴く。

その一秒前に、

「顔色が良くなられましたね」

ニコラは笑みを深めて顔を引いた。

「顔色……ですか？」

「はい。四日前に比べると随分と」

反射的に鏡に目をやると、這い出したての死体と目が合った。これより悪い顔色って、四日前の私の顔は何色だったんだろう。

「ベッドにお運びした時はシーツの色と区別がつかない程蒼白《そうはく》でしたから。悪夢を見られていたのか表情も窓ガラスに映った悪霊のように歪《ゆが》んでいて、濡《ぬ》れた髪の毛が触手のように……」

「わ、わかりました！　もう結構です！」

お願いですから天使様のような顔で女の酷い顔色を描写しないでください。

「とにかく、回復されて何よりです。早速ですがお着替えをお持ちしました。お手伝いは必要ですか？」

「え、手伝いですか？」

「そのままベッドに座っていて結構ですよ……慣れていますので」

「ちょ、ちょ、ちょっと待ってください。手伝いは結構です。自分でできますから」

「そうですか、もちろん無理にとは申しません」

悪戯《いたずら》っぽい笑みを浮かべつつ、ニコラは手を引っ込めた。

悪戯……ですよね？　ニコラの見本のような笑顔を見ていると本気なのか冗談なのか判別がつかなくなる。やっぱり、ラグフォルツ家の人間だ。主人とは違った種類の曲者《くせもの》なのかもしれない。

「それでは何か御用がございましたら、いつでもお声掛けください」

そう言うとニコラは深々と頭を下げ、

「そう、一点ご忠告申し上げます」

指を一本立てながら身を起こした。

「この部屋から勝手に抜け出そうとするのはお奨《すす》めいたしません。閣下からは捕虜として丁重に扱えと申しつけられておりますが、少しでも逃げる素振りがあれば容赦なく扱いを落とすとも仰《おっしゃ》っておりましたので」

「捕虜……ですか？」

「足の柔軟体操は程々になさいませ。それでは失礼いたします」

ああ、さっきのお転婆な足。やっぱり見られていたのか。

四日前の酷い顔色の件といい、今朝の記憶だけは明日には消え去っていてほしい。


着替えを済ませると、また戻ってきたニコラに「朝食の準備ができました」と有無を言わさず連れ出された。豪華な部屋と豪華なベッド、清潔な衣服の上に朝食まで与えられる捕虜がいったいどこにいるのだろう。

戸惑いながら後に続くと、

「遅いぞ、ルチェラ。何をグズグズしていた！」

通された部屋で食事を始めている公爵を目の当たりにして、思わず上げた悲鳴を呑《の》みこんだ。

「朝からうるさい女だな。静かに起きて来れんのか」

カイが迷惑そうに耳を塞いでいるところを見るにつけ、悲鳴は自分が思うほど上手《うま》く抑えられていなかったのかもしれない。

「とにかく、さっさと座れ」

行儀悪くフォークで対面の椅子を指し示すカイ。朝日を背中に浴びるその姿は光のマントを纏《まと》っているようで神々しさすら感じられたが、

「す、座れません」

「なぜだ？」

「なぜって……」

説明がいりますか？　どこの世界に捕虜と朝食を共にする公爵がいるというのですか。座れと言われても座れるものではありません。

「遠慮はいらん。昨日伝えたはずだ、お前は俺の物だと。俺が俺の私物をどこに置こうと俺の勝手だからな。礼儀作法の範疇《はんちゅう》ではない」

「ひ、人を物みたいに言わないでください。私も昨日お伝えしたはずです。修道女の身は神様のものですと」

「そういうことは修道名を思い出してから言え」

ぐぅっ。

「暴風公爵なんて蔑称は覚えているくせに、神から貰《もら》った名前は忘れるのか」

ぐぅぅっ。

「信心が足らんぞ、不良修道女め」

神様、天罰はまだですか？　やるなら今です。遅いくらいです。

「ルチェラさん、閣下には何を言っても無駄ですよ。座りましょう、食事は大勢の方が美味しいですから」

待ってください、ニコラさん。なんであなたまで座っているの？　嘘《うそ》でしょう、なんで食事を始めているのですか。公爵と執事と捕虜が囲む食卓がこの世にあっていいんですか。

「ニコラとは毎朝こうだ。どうせ顔を突き合わせて業務連絡を受ける必要があるなら、メシも一緒に済ませてしまった方が効率的だろう」

「あ、あなた達には常識とか伝統を重んじる心がないのですか？　それでも公爵なんですか」

「言っておくがお前も一緒だぞ、ルチェラ」

あとテーブルマナーも！　フォークで人を指さないでください。

「お前もいつ何を思い出すかわからないからな。寝る時以外はずっと俺の手元に置いておく」

「そ、そんな……」

　血の気がずどんと引いていくのが自覚できた。

「俺の物でいるのが嫌なら一刻も早く記憶を取り戻すことだ。お前から全ての情報を引き出せたらいつでも解放してやるさ」

「ほ、本当ですか！　約束ですよ！」

「いいとも、約束だ……神に誓おう」

　うう、昨日は神様なんていないって言ったくせに。

　冗談のように神様の名を出し、肩をすくめてみせるカイ。挑発的であると同時にどこか絵になる仕草が腹立たしい。

「絶対ですよ！　絶対絶対約束ですからね！」

「くどい。さっさと座れ」

「……約束ですから」

　最後にもう一度だけ念を押して私は目の前の椅子を引いた。

「すごいですね、ルチェラさん。公爵と約束を取り付ける修道女なんて前代未聞ですよ」

「どういたしまして」

　おおげさに囃《はや》し立てるニコラの声を聞き流し、腰を席に落ち着けた。

わ、フカフカだ。

当り前かもしれないが、ラグフォルツ家の家具は椅子もテーブルも飾り気こそ少ないけれど質は良《よ》いものばかりだった。テーブルクロスもお皿もカップも使う手が震えるほどの高級品で、公爵家の威容をこれでもかと示している。

ただ唯一、その上に盛られた料理だけが不釣り合いなほど簡素に見える。普段から粗食の習慣なのか。それとももしかして、修道女である私に合わせてくれているのか。

だとしたら申し訳ございません。こうしてお皿を眺めてみても、食欲はほとんど湧いてこなかった。それは怪我《けが》のせいなのか、未《いま》だ記憶が戻らない不安のせいなのか、慣れない環境のせいなのか。

「…………」

あるいは、暴風公爵が真正面からこっちを見つめてくるからなのか。やめてください、公爵様。あなたの目力はあなたが思うよりも強力なのです。

とはいえ、このまま一口も食べずに席を立つのはあまりに礼を失している。仕方なく、私は手を合わせて目を閉じた。

「神よ、今日一日の始まりに感謝を捧《ささ》げます……今日一日を安寧のままに始められることに感謝します……親を、兄弟を、信仰の仲間を見守ってくれますことを感謝します……そして、一日の始まりに糧を与えてくれたこと、その労《いたわ》りに感謝を捧げます……天の羽が降らんことを」

そして、瞼《まぶた》を開くとカイの視線が変わっていた。

微《かす》かに目を見開いて驚きの表情でもって私を見ている。

「どうしました？」

「ルチェラ、今の言葉は……」

「食事の前のお祈りですが」

それが何か？

「……ニコラ、どう思う？」

「はい。食前のお祈りは一般的ではありますが、省略して唱えるのが普通で全文を諳《そら》んじる人はあまりいません。ルチェラさんが修道女であると考える補強材料になるかと」

「そうだな」

「え……」

私今、祈りの言葉を。

指摘されて初めて、自分が祈りの言葉を暗唱していたことに気が付いた。

それはまるで息をするかのような自然な行為で――。

やっぱり私は神に仕える女なのだろうか。

記憶は何も戻らないけれど、その事実は足元も見えない暗闇の中で一本の蠟燭《ろうそく》を与えられたように心強くて、心の中に確かな温《ぬく》もりをもたらした。

「ただ、食事を与えているのは神ではなく俺とコックだがな」

うるさいなぁ、もう。その主張が今いりますか。せっかく感動していたのに。

すっかり冷めた気持ちで食卓を見回した。祈りの言葉はするすると出てきたものの、食欲の方は相変わらず湧いてくる気配はない。

これぐらいなら入るだろうか。そんな思いで小ぶりの果物を一つ口に詰め込むと、

「え、美味《おい》しっ」

思わず声がこぼれ出た。

「美味《うま》いか、ルチェラ」

そうすると、カイがすっと身を乗り出してくる。

「今度はなんですか？」

「美味いんだな、それは？」

「はあ、美味しいですけど」

どうしたんだろう、急に。

私が手に取ったのは、人差し指と親指で作ったわっかにちょうど収まるくらいの小さな

果実。見るからに瑞々《みずみず》しくて子供の唇のように真っ赤だった。我亡《われな》くしの影響だろうか、見覚えのある果物ではないけれど、艶々として丸っこくて、

「可愛《かわい》いから、なんか手に取っちゃいました」

「……可愛い？」

「はい」

「……そ、そうか」

え、なんで笑うんですか。

いったい何が気に入ったのだろう。カイは満足そうに口の端を持ち上げて同じ果実を齧《かじ》った。その笑顔はいつもの皮肉っぽくてどこか戦略的な笑みと違い、親に褒められた子供のように愛らしくて、祈りの言葉で落ち着いたはずの私の心を微かに波立たせた。

「で、アディマ様崩御の公式な発表は出たか？」

「まだです。隣国との停戦協定が明日正式に締結されますから、それまで待つつもりかと」

「他の公爵に動きは？」

「不明です。ただトルガン公爵家に放ったスパイから軍を動かしつつあるとだけ」

「選択の儀に関する文献捜索は？」

「難航しています。手に入ったものから順に解読は進めていますが」

おー、すごい。本当に食べながら会議をするんですね。

先ほどの言葉通りカイとニコラは会議資料とナイフとフォークを器用に使い分け、業務連絡と朝食の両方を凄《すさ》まじい速さで終わらせていった。

「閣下、食後のお茶はいかがされますか？」

「くれ。で、何か思い出したか？」

けたたましく食事と会議を終えたカイは、ニコラの注いだ熱いお茶を一口で飲み干して尋ねた。もちろん、私に向かってだ。

「え、あ、いえ……まだ何も」

口の中に残る果肉を急いで飲み下して私は答える。

「一つもか？」

「はい、一つもです」

「全く……やる気あるのか、お前は」

うわ、舌打ちされた。私絶対やる気あるのに。我亡くしの張本人がやる気ないわけないのに。

「よく眠って飯まで食ったというのになぜ思い出さんのだ」

あなたは私の記憶を排泄物《はいせつ》か何かだとお考えですか。

「仕方ない。こうなったらあの藪医者《やぶいしゃ》の言うことに従うしかないか」

「閣下、昨日来ていただいたお医者様は我が領地フィングラブ一の名医と名高い方なのですが」

ナプキンで口元を拭いつつ控えめにニコラが言葉を差し挟む。

「昨日までの評判など知らん。小娘一人治せなかったのだから藪の誹《そし》りは免れまいよ」

ああ、私のせいで名医様が悪し様に。ごめんなさい。

「まあ、そんな藪医者と小娘に縋《すが》らざるを得ない俺もたかが知れているがな。よし、出かけるぞ」

「かしこまりました」

カイとニコラが同時に席を立った。私はそんな二人をぽかんと見つめ、

「何をしている、ルチェラ。早く立て」

素早くカイに怒られる。

「え？　私も同行するんですか？」

「当り前だろう。どこに何をしに行くと思ってるんだ」

どこに何をしに行くのでしょうか？　できれば、ほんの少しでも説明をいただければ幸いです。

「藪医者が言っていただろう。我亡くしの治療法は患者を縁の深い場所に連れて行くことだと。元修道女にとって縁の深い場所など一つしかない」

……私の縁？

「ウォーカイル大寺院に向かう。すぐに準備しろ」

その一言で食事は強制的に終了した。追い立てられるように部屋に戻され、メイド達に問答無用で服を脱がされ、代わりにドレスを着せられる。

「え？　え？　ドレス？　待ってください。服ってこれであってますか？　修道服の間違いでは？」

何を言ってもメイド達は聞き入れない。着替えが終わって部屋に入ってきたニコラに抗議するが、

「閣下のご指示通りです。お顔、失礼いたします」

黙れとばかりに顔にふわふわの何かを押しつけられた。ほのかに甘い香りが漂う。パフだ。

「お化粧するのですか？　なんで？」

「動かないで！　ここからは真剣勝負です！」

怖っ。どうしよう、ニコラさんが急に怖い。ああ、神様お許しください。

それから数分、私は見たこともない化粧品を惜しむことなくふんだんに塗りたくられ、

「まあ、こんなところでしょうか」

鏡の中に、より一層見覚えのない女の顔が出来上がった。

「え、誰……これ？」

見違えるという言葉を自分の顔に向かって使う日が来るとは思わなかった。

驚きのまま目をしばたたかせると、鏡の中の見知らぬ女もすっかり長くなった睫毛《まつげ》をパタつかせる。

……あなた。ちょっと見ない間に随分美人になっちゃったね。

土気色だった頬は桃色に輝き、ガサガサだった唇は果肉のように潤いに満ち、落ち窪《くぼ》んだ目は花が咲いているかのように艶《あで》やかだ。

「いくらなんでも変わりすぎじゃないですか。これじゃほとんど変装ですよ」

「いいえ、これがルチェラさんの正しいお姿なのです。私は初めて見た時から確信しておりました。ルチェラさんはお化粧映えするお顔だと」

櫛《くし》でぺちぺちと掌《てのひら》を打ちながら、ニコラは満足そうに己の作品を前後左右から眺め回した。確かに素晴らしい腕前ではあるけれど。そんなことより何よりも。

「ニコラさんって、なんで女の化粧ができるんですか？」

「ラグフォルツ家の執事ですから」

いや、ラグフォルッ家の執事、激務が過ぎるでしょう。さっそうと前髪に櫛を通すニコラを眺めながら、公爵家の勤務状況が少しばかり心配になってしまった。

ああ、違う。私が心配しているのはそこじゃなかった。そもそもなんで、私にドレスと化粧を？　その疑問を口にする間もなく私は馬車に押し込まれ、

「遅い！　すぐ準備しろと言っただろう！」

中で待っていた暴風公爵にドヤされた。

怒らないでください。あなたのご命令でこんなにキンキンゴテゴテにされたんです。

「出すぞ、摑《つか》まれ！」

どこにですか？　などと問う隙も与えられず馬車がフルスピードで走り出す。私は毬《まり》のように座席を転がり、

「――痛いっ」

無我夢中でカイの肩にしがみついた。

あ、また怒られる。反射的に身構えたけれど、カイは黙って私の顔を凝視していた。

「な、なんですか？　怒るなら早く怒ってくださいよ」

「お前は本当に……礼儀というものを知らん女だな。それでも修道女か」

ま、ま、まさか暴風公爵に礼儀知らずと誹られるとは思いませんでした。

「まあいい、じっとしていろ」

そう言うと、カイはさらにグイと顔を近付けて、

「ちょっと、なんですか」

「じっとしていろと言っただろう」

「あ、あんまり見ないでください。どうせ似合ってないとか言うんでしょ」

「そんなわけあるか、うちの執事の仕事はいつだって完璧だ」

「え？」

「こっちを見ろ」

ああ、だめだ。またカイの瞳に搦《から》め捕られる。この漆黒の瞳はまるで魔法だ。魅入られたが最後、蛇に睨《にら》まれた蛙《かえる》のように動けなくなる。カイは飾り立てられた私の顔を無遠慮にまじまじと見つめる。口紅が溶けるほど熱烈に。

そして、

「これなら大丈夫か。念のためにこれも被《かぶ》っていろ。絶対外すな」

何かをぼすっと被せてきた。何ですか、これは。帽子かな？　これだけつばが広々として、これだけ深々と被ったら、外からは顔も何も見えないことでしょう。

「えーっと、あの、カイ様？」

「喋《しゃべ》るな、酔うぞ」

「……お化粧した意味とは？」

「喋るなと言っただろう」

「いや、本当に……ねえ、本当に……」

カイはもちろん私の疑問に答えることなく、御者を務めるニコラにスピードを速めるように言いつけるのだった。

市街地を出ると馬車はさらにその速度を上げた。

ウォーカイル大寺院は、ウォーカイル湖に浮かぶ小島に建てられた天羽《あまはね》教最大の宗教施設だ。ラグフォルツ家の治めるフィンクグラブ領とトルガン家の治めるトルガニア領の境界線上に存在し、大聖堂や修道院といった宗教上の重要施設も内包している。

修道院では聖皇帝から自治を認められた信者達が厳しい戒律の下、祈りと自給自足の日々を過ごしている。

と、ここまでは一般常識の範囲として頭に残っているけれど……。

「ルチェラ、そろそろだ。大寺院が見えて来るぞ」

実際に車窓から見た荘厳な寺院は、ただの石造りの大きな家にしか見えなかった。

「お前の住処《すみか》だ。何か思い出すことはあるか？」

「……いえ、何も」

天を指差す尖塔《せんとう》も、薄曇りの下に空色を描き出す青い屋根も、湖面に反射する白い外壁も、記憶に訴えるものは何もなかった。

なのに、この胸のざわつきはなんだろう。寺院が近付くにつれ、徐々に喉が絞まっていくかのようだ。

「どうした、どこか痛むのか？」

「いえ。ただ……胸が苦しくて……馬車に酔ったのかもしれません……」

「だから、喋るなと言ったのに。ニコラ、速度を落とせ。窓を開ける。外の空気でも吸っていろ」

ご親切にありがとうございます、暴風公爵様。

しかし、原因不明の息苦しさは清々《すがすが》しい湖の空気を肺に入れても収まらず、湖上に架かった石橋を渡るに至って吐き気まで併発し、訪問者入口の前に立つ頃には胸焼けと激しい動悸まで引き起こしていた。

「大丈夫ですか、ルチェラさん。顔色が優れませんよ、少し座って休まれますか？」

「平気です。ありがとうございます、ニコラさん」

嘘《うそ》です。本当は小一時間ほど休みたいです。でも、一度足を止めてしまうともう中には入れない。そう確信させる何かがこの場所には渦巻いているんです。怖いけれど行かなくちゃ。ここは多分私の家のはずだから。

「行きましょう」

公爵と執事を引き連れて、私はウォーカイル大寺院の石畳を踏んだ。


「それでは、ごゆっくり。天の羽が舞い降りますように」

入口で応対に出た老僧は、馬車で乗り付けた騒々しい来訪者を穏やかな笑顔で迎えてくれた。その上、戻るまで馬の世話を引き受けてくれるという。

天羽教の寺院は、基本的に全ての信者に対して開放されているが、ここまでの申し出はなかなかない。カイは身分を名乗っていないから爵位にひれ伏したわけではなく、純粋な親切心からの言だろう。

「おお。見てください、閣下。あれが有名なウォーカイルの大階段ですよ。私、一度来てみたかったんです」

どうしました、若執事さん。すっかり観光気分じゃないですか。

浮足立つニコラを先頭に一列になって大階段を上っていく。歴史の重みを感じさせる古びた石段は、幾万人の信者の往復で中央が窪む形ですり減っていた。

「さすがウォーカイルですね、閣下。階段一つとっても悠久の時間を感じさせます。これ程までに古びた階段は八公爵家にすらありませんよ」

「危険だからだ。俺の領地でこんなにすり減った階段があったら、その日の内に改修させる」

「はあ。わかっていましたけれど、閣下はロマンというか歴史への畏敬というか、そういうものを全くお持ちでないのですね」

「そんなに古いものがいいなら医者など呼ばず呪《まじな》い師でも呼んでおけ」

「かしこまりました、公爵閣下」

軽口を叩《たた》きながら軽快に階段を上る二人に、すれ違った修道女が笑みと共に声をかけてきた。

「天の羽が舞い降りますように」

天羽教は慈しみと友愛を信仰の柱とする宗教だ。その信条を体現するように大聖堂でも礼拝堂でも渡り廊下でも、すれ違う度に信者が祈りの言葉を口にする。

「天の羽が舞い降りますように」

その言葉を聞く度に、私の胸は内臓に鎖を巻き付けられたように重く沈んだ。

「おお、あれが有名な東のテラスですか！　あそこからの景色は一級品らしいですよ。どうですか、ルチェラさん。何か思い出しますか？　懐かしさなど感じるところはないですか？」

「……すみません、何も」

胸を押さえながらそう答えた。

なんだろう、この圧迫感は。確かに美しい寺院だった。修道士も修道女も友愛に満ちていて訪問者に惜しみない慈しみを与えてくれる。歴史の洗礼を受けた建築物は荘厳さの中にも不思議な温かみを秘めていて見る者の心に安寧を与えてくれる。なんだろう、この場所は。私は本当にこんなところで生活していたのだろうか。

「天の羽が舞い降りますように」

西の回廊で若い修道士に声をかけられた時、私は思わず耳を塞ぎたくなった。

「……妙だな」

中庭の池の前まで歩き着き、先頭を進んでいたカイが足を止めた。

「どうしました、閣下？」

「静かすぎる」

「静か……ですか？　寺院ですしそれが普通なのでは？」

「ここの連中からすれば仲間が一人失踪している状態のはずだ。それなのに浮ついたところがまるで感じられん」

眇《すが》めた目でぐるりを囲む回廊を見回すカイ。

「確かに、言われてみれば。しかし、大きな寺院ですし人数も多いですから。失踪に気付いていない者も多いのでは？」

「こんな小さな島の中でか？　閉鎖的な場所での噂《うわさ》の伝達は下界では想像もつかないほど速い。知らない者がいるのは不自然だ。おい、そこのお前！」

突然、カイの大声が庭中に響き渡った。通りかかった修道女が一人驚いたように振り返り、そのままそそくさと逃げていく。

「どこへ行く！　お前だ、お前！」

「か、閣下、どうされました。寺院で大声はお控えください」

「心配するな、話を聞くだけだ。おい、逃げるな！　お前のことだ、修道女！」

ああ、暴風公爵。どうして、怯《おび》えているのがわからないのですか。いきなり見ず知らずの男性から怒鳴られれば、誰だって逃げたくもなるでしょう。

「落ち着いてください、閣下。警備の騎士を呼ばれてしまいます。わかりました、私が相手を見繕って来ますので閣下は、あちら、あちらでお待ち下さい！」

半ば羽交い締めのようにしてニコラが主人を連れ去って行く。

引きずり込まれたのは、回廊を抜けた先。訪問客の順路から外れた小さな裏庭だった。

「くそう！　なんだ、あの修道女は。友愛と慈しみの精神はどこいった」

未《いま》だ怒りの収まらない暴風公爵が足元の小石を蹴っ飛ばした。石ころは伸びきった雑草に勢いを殺されてひび割れた石段の間に収まった。

……妙にうらぶれた場所だった。さっきまで歩いていた順路は古いながらもよく手入れが行き届いていたけれど、ここは雑草が石畳を隠すほど伸びきっており、庭木も長らく手を入れた跡が見られない。普段誰も立ち入らない庭なのだろうか。整備されている個所《かしょ》と言ったら庭の隅に据えられた大きな鳥小屋ぐらいだ。

「あれは神鳥か。あそこだけは妙に手入れがされているな」

鳥小屋で首を傾《かし》げる鳩《はと》達をカイは物珍しそうな目で眺めた。

天羽教は鳥を神の使いと考えている。中でも鳩は教団のシンボルとして崇拝されており、どこの教会でも必ずこうして鳩が飼育されている。

誘われるように足を踏み出した。身の丈ほどもある大きな鳥小屋だった。金網に触れると、十羽《わ》程の鳩達がクルクルと鳴きながら近寄って来る。つがいなのだろう、仲睦《むつ》まじげに身を寄せ合って互いの嘴《くちばし》を突《つつ》き合うカップルもいた。

「何か思い出したのか、ルチェラ」

「……いえ」

「では、なぜ泣いている」

「わかりません」

気が付くと頬に涙が伝っていた。なぜだろう、無垢《むく》な鳩の囀《さえず》りを聞いていると、胸に巻き付いた重い鎖が溶けていくようで止めようもなく涙が溢《あふ》れ出た。

この寺院に来て初めて、心から神聖だと思えるものに出会えた気がした。

「ありがとうございます、神様」

心の底からそう思えた。

「ふん、お前がここに来てからずっとふさぎ込んでいたのはわかっていた。その鬱屈が動物を見て晴れたというなら、それは鳩の手柄であって神とやらの加護ではない。礼を言う必要なんてないだろうに」

「……カイ様はどうして、そんなにも神様を憎んでいるのですか？」

「なんだと？」

一瞬、カイを見上げる私の視線と私を見下ろすカイの視線がぶつかり合い、

「憎んでいるわけではない。ただ、見たこともないものを信じる気になれないだけだ」

カイは初めて自分から視線を逸《そ》らしてそう答えた。

「ルチェラ、お前は神を見たことがあるのか」

「わかりません。記憶がありませんので」

「なぜ、記憶がなくなるんだ？」

「はい？」

「お前は修道院で毎日神に祈っていたんだろう。それなのに、なぜ崩落事故に巻き込まれる？　なぜ記憶を奪われて、なぜ暴風公爵の手の内に落ちる？　本当に神がいるのなら、なぜお前はこんな罰を当てられなくてはいけないんだ」

「……罰って、カイ様」

「こんな罰を当てられて、お前はなぜ神に感謝ができるんだ」

「あ、あの、カイ様」

「なんだ」

「ご自分が罰である自覚がおありだったんですか？」

「…………」

あ、黙っちゃった。

「別に憎まれ口を叩きたいわけじゃない。とにかく俺は、本当にわからないだけなんだ」

カイは拗《す》ねたように唇を結ぶと、伸びた庭木の葉っぱをちぎった。その横顔は年よりずっと幼びて見えた。

この人はもしかすると、ただただ純粋で正直なだけの人なのかもしれない。

でも残念ながらその正直さは、天羽教を国教として統治の軸に据えている我が国では非礼暴虐と紙一重だ。

「カイ様のように強い方には滑稽に見えるのかもしれませんね。でも、記憶のない私にもなんとなくわかるんです。私には……私のように弱い人間には神様という心の支えが必要なんです。たった一人で生きていくにはこの世界はあまりに厳しすぎるから」

「心の支えか……」

カイの漆黒の瞳が微《かす》かに揺れる。瞬きの間もなく私は手を握られていた。

「何を――」

「では、なぜお前は逃げようとしない？」

「……え？」

「ここはお前の家なのだろう。泣いて叫べば保護してもらえるはずだ。俺はずっとそれを警戒していた。だが、お前にはそんな素振りが全く見えない。ここの連中もそうだ。いくら化粧と帽子で変装させているとはいえ、お前のことを本気で捜している者が見ればすぐにルチェラだと気付くはずだ。お前は本当にここで暮らしていたのか？」

私の手を握るカイの手に力が籠った。大きくて強くて熱い掌《てのひら》。

「私は……」

「お待たせしました、閣下！」

言葉は、快活な呼び声に遮られた。振り向くと三人の若い修道女を連れたニコラがこちらへ歩いてくる。

「何も喋《しゃべ》るな。逃げようとすれば殺す」

私の手を包んでいた手が、蛇のような素早さで首に回された。傍《はた》から見れば愛《いと》しい婦人を抱き寄せているように映るだろうか。その実は怪しい動きをすれば首を折るというメッセージなのだろう。

「閣下、こちらの修道女様がお話を聞かせてくれることになりました。ありがとうございます、シスター・イザベラ」

「とんでもないことです。友愛と慈しみは神に仕える者の務めですから。何でもお尋ねください」

シスター・イザベラと呼ばれた年嵩《としかさ》らしい修道女は、天羽教の教えを一手に引き受けるような笑顔で頷《うなず》いた。どうやらこの執事は主人と違って人の心に入り込むのが得意らしい。

天使よりも天使らしい長髪に手櫛《てぐし》を通し、ニコラはカイの代わりに質問を始めた。

「実は、私の主《あるじ》が妹君をこちらの修道院に入れたいとお考えでして。今日は施設の見学に参った次第でございます」

「それは素晴らしいお考えです。あいにく修道院長は不在にしていますが、ウォーカイル修道院はいつでもあなたを歓迎しますよ」

急遽《きゅうきょ》公爵の妹に仕立て上げられた私に向かって、シスター・イザベラは心の平穏を分け与えるような笑みをくれた。

「ありがとうございます。評判に違わぬ素晴らしい寺院だと旦那様もお嬢様も感心しておられました。しかし、一点気になる噂も耳にしておりまして。最近、ここの修道院で行方不明者が出たと聞いたのですが、何かご存じではありませんか？」

「行方不明者ですか？　いえ、何も」

三人の修道女が驚いたように首を横に振る。

「ごく最近のことのはずなんです。本当に誰もご存じない？」

「ええ、狭い島のことですから人がいなくなったりすればすぐに耳に入るはずですが、最近はそういった話はめっきり。シスターメアリとシスターブリジットは何か知っていますか？」

「いえ、西の棟では何も聞いていません」

「東もです。あ、ただ、懲罰房で起きたことでしたら噂は届かないかもしれませんが」

──懲罰房？

「シスターブリジット！」

「申し訳ございません」

シスターイザベラが寺院に不釣り合いな剣呑《けんのん》な言葉を窘《たしな》めるが、

「懲罰房とは何でしょう？　この寺院には懲罰房があるのですか？」

辣腕の執事は聞き逃さない。

「おっと、答え辛《づら》いことを聞いてしまいましたか。申し訳ございません、今の質問はなかったことにしてください。篤実さと正直さを旨とする修道女にも秘密はあって当然ですから」

「そ、それは……」

うわ、ズルっ。こんな言い方をされて黙っていられる修道女なんているわけがない。

「いいえ、私達に隠し事などありません。仰《おっしゃ》る通り当寺院には懲罰房が存在します」

まんまと挑発に乗せられてシスターイザベラが言い切った。薄々わかっていたけれど、この執事の腹の中は、その見た目ほど颯々《さっさつ》とはしていないようだ。

「もちろん、滅多に使われることはありません。シスターニーナの時で十年ぶりと聞いています」

――シスターニーナ。

また、両目の奥がずきりと痛んだ。

なんだろう、この感覚。鼓動が一気に跳ね上がる。

瞬間的に確信した。私は、その名前を知っている。

「シスターニーナはどういう方なんでしょう？　何をして懲罰房に入れられたのですか？」

私の様子からニコラも何かを感じ取ったのだろう、追及の言葉に力が籠る。シスターイ

ザベラは一瞬口ごもり、

「悪魔に取り憑《つ》かれたのです」

声を抑えてそう言った。

「元々シスターニーナは口数が少なく、他人とあまり関わろうとしない人でした。感情が顔に出にくくて何を考えているのかわからない……不気味だと言う人も少なくありませんでした。でも、決して心根の悪い方ではないのです。お勤めにも熱心で誰に迷惑をかけることもなくて……なのに、いつの頃からかそんな彼女に悪魔が取り憑いていると噂《うわさ》されるようになりました」

「その噂は誰が？」

「わかりません。もちろんそんな噂を本気にする者は誰もいませんでした。しかし、シスターニーナに悪魔が取り憑く瞬間を見たと言い出すものが現れまして」

「悪魔が取り憑く瞬間……ですか？」

「それも一人や二人じゃありません。毎日のように目撃者が増えていきまして。こうなると誰も彼女に近付こうとしなくなります。ご存じだと思いますが、聖職者にとって悪魔は最も忌避すべき存在ですから」

その『聖職者』の内には自分も含まれているのだろう。シスターイザベラの声は恐怖に震えていた。

「シスターニーナは完全に孤立するようになりました。当時の彼女の話し相手は鳥小屋の鳩《はと》だけだったと思います。その頃には修道院長のお耳にも噂が届くようになり、シスターニーナは度々修道院長からお呼びを受けるようになりました」

「修道院長とはこの寺院のトップ、イッター4世のことですね」

「はい。これは良《よ》い知らせでした。みんなは喜び、期待しました。修道院長がきっとシスターニーナに取り憑いた悪魔を祓《はら》ってくれると。でも、何度やっても上手《うま》くはいきませんでした。困り果てた修道院長は彼女を懲罰房に隔離することにしたのです。ちょうど十日前のことです。これ以上寺院に動揺が広がらないようにと」

「つまり、臭い物に蓋をしたのか」

「――――っ」

カイの言葉に、シスターイザベラが一瞬目を剝《む》いた。しかし、経験を積んだシスターの自制心はそれ以上の感情を表に出すことを許さず、顔を伏せるだけに留《とど》めさせた。

「罪を逃れようとは思いません。私は修道院長の提案に抗《あらが》うことができませんでした……私は地獄の業火に焼かれることでしょう」

「そんな！」

二人の修道女がすぐさまシスターイザベラの肩を抱く。

「シスターイザベラは最後まで懲罰房の使用に反対していたじゃないですか」

「そうですよ！　それにシスターイザベラは、今でも懲罰房で一人ぼっちのシスターニーナを思って毎日祈りを捧《ささ》げています」

「……今でも懲罰房で一人？」

瞬時、ニコラとカイの間で視線の会話が交わされた。

「あなた達！　どれだけ偉いか知りませんが、シスターイザベラを侮辱すると私達が許しませんよ！」

「大変失礼をいたしました。主人に代わって発言の撤回と謝罪をさせてください。シスターイザベラ、あなたは天羽教の信条を体現する鑑《かがみ》です。是非とも謝礼をお渡ししたいのですが」

「私には必要ありません。寄付なら入口で受け付けています」

「ではそうさせていただきます。最後に一つだけ。そのシスターニーナという方は茶色の髪の毛で、背丈は私の胸程度、痩せ型で、歯ぎしりの酷《ひど》い方でしたか？」

……は？　歯ぎしり？

「どうだったかしら。その通りだった気もします。あなた達はシスターニーナをご存じなのですか」

「さあな、もしかしたらそうなのかもしれん」

曖昧に答えるカイの顔をしばし見つめ、シスターイザベラはポケットから何かを取り出した。

「ご存じなのであればこれは、あなたに受け取ってもらった方がいいのかもしれません。懲罰房に入る前にシスターニーナが私に託したものです。では、これで失礼いたします。あなた達に天の羽が舞い降りますように」

二人の修道女に支えられながら、シスターイザベラはよろよろとした足取りで裏庭を去っていく。カイはその背中を最後まで仏頂面で見送った。

「これが神に仕える者のやることとか。反吐《へど》が出るわ」

そこに誰の姿が見えているのか、カイは空を見上げて吐き捨てた。

「修道院長に会う必要があるな。イッター4世はどこに行った？」

「恐らく王宮かと。亡くなった聖皇帝の対応を内々に済ませていると思われます」

「つくづく胡散臭《うさんくさ》い奴らだ」

「……あの、カイ様。もう喋ってもいいでしょうか」

「ああ」

首にかけられた手の力がふっと弱まる。その緩みに乗じるようにして、私は深々と頭を下げた。

「お願いです、シスターイザベラを責めないであげてください」

信じられないとでもいうようにカイが目を丸くした。

「なんだと？」

「お願いです、カイ様」

「お前……本気で言ってるのか？　やつらの言っていたシスターニーナは――」

「はい、全てわかっています。でも、あの状況で彼女にできることは多くなかったと思います。だから責めないであげてください。この通りです、お願いします」

再度頭を下げると帽子が脱げて石畳に落ちた。なぜだろう、シスターイザベラへの非難を聞くと胸が痛い。涙が溢《あふ》れそうになる。だから――。

「お願いします」

「まったく。お前は度が過ぎるほどのお人好《ひとよ》しだな、そんなことだから……まあいい」

そう言うと、カイは落ちた帽子を拾いあげ、丁寧に埃《ほこり》を払って私の頭に載せてくれた。

まるで頭を撫《な》でるかのような優しい手つきだった。

「さてと、修道院長が不在なのは痛かったですが、それでもわざわざウォーカイル大寺院まで訪ねて来た甲斐《かい》はありました。彼女達の言うシスターニーナはルチェラさんでほぼ間違いはないでしょう。身体的特徴と何より歯ぎしりの癖が一致しています」

「そうだな」

え……？　歯ぎしり？　私……え？　え？

「しかし、あの連中の口ぶりだとルチェラが脱走したことに気付いていない人間も多いようだな。意図的に隠ぺいされているというべきか。十年ぶりに使用された懲罰房、逃げ出したシスターニーナ、そして、崩れた石橋。これがはたして偶然なのか。それらも含めて、何か思い出すことはあるか?」

「え、あ、いえ、まだ何も。ただ私が――シスターニーナが脱走した理由ならだいたい想像はつきますけど」

「言ってみろ」

「単純に嫌になったんだと思います、ここでの暮らしが」

まったく、これはどういう悲劇なんだろう。あるいは喜劇と呼ぶべきか。私は記憶が戻ったら家に帰れるのだと思っていた。帰る家があるのだと疑いもなく信じていた。しかし、現実はどうだ。信仰と信愛に満ちたこの寺院にすら私の居場所はないらしい。

「シスターニーナは陰気で社交性がなく腫物扱いの上に、悪魔憑きだと村八分にされ、挙句懲罰房にまで入れられました。こんな人生投げ出したくなるのが当然だと思います」

川の畔《ほとり》に倒れていたのも、あるいは世を儚《はかな》んだ結果なのかもしれない。

「いや、それはない」

しかし、カイは私の捨て鉢な言葉を言下に否定する。

「なぜ、わかるんですか」

カイはその質問には答えず、代わりに一枚の紙片を差し出した。

それはシスターイザベラから去り際に受け取った紙切れ。懲罰房に入れられようとするシスターニーナが最後に託した思い。そこにはたった一行短いメッセージが認《したた》められていた。


『帰るまでポッポの世話をお願いします』


……いや、ポッポって。

「これって鳩のことでいいんですよね」

「そうだろうな。孤立したシスターニーナは鳥小屋の鳩しか話し相手がいなかったと言っていた。ここの世話をしていたのはシスターニーナだろう。ここまで愛情を持っていた鳩達を捨てて、ただ逃げたとは考えにくい。シスターニーナには逃げなくてはならない事情があったんだ。それこそがルチェラの記憶を戻す鍵になるはずだ」

──逃げなくてはいけない事情。

「こんなことが神にできるか？」

「……え？」

会話の流れを断ち切って、不意にカイは鳥小屋の枠木に手を触れた。一度建てられたものを改築して広くしたのだろう。そんなお手製の改修の跡をカイは慈しむようにさする。

「ここの鳥小屋は実によく整備されているし清潔だ。神じゃない、シスターニーナがやったんだ。職業柄寺院を訪れる機会はよくあるが、住んでいる鳩がここまで生き生きとしている鳥小屋は見たことがない」

「そう……なんですか」

「仲間に疎まれ避けられ監禁までされそうになっても、弱い者への施しを絶やさなかったんだ。こんなことが神にできるか？」

「神様の教えに従っただけでは」

「断じて違う。シスターニーナの心根が正しかったからだ。勝手に神の手柄にするな」

勝手にって。私、張本人なんですけど。

「あの、カイ様」

「なんだ」

「いえ、なんでもありません」

もしかすると、この方はこの方なりに私のことを慰めようとしてくれているのかもしれない。

カイは急に空模様が気になったようで視線を天に逃がしている。その顔が心なしか赤らんで見えるのは、夕暮れの太陽のせいだろうか。

ありがとうございます。そう言うのも何だか違うような気がして、私も黙って空を見上げた。

「では、そろそろお屋敷《やしき》に戻りましょうか。今なら日が暮れる前に帰れます」

「わかった」

最後にもう一度鳥小屋の枠木に触れてカイは振り返った。私も同じく踵《きびす》を返し、

「──痛っ」

その瞬間、右足に痛みが走った。

「どうした？」

「靴擦れが」

機能性度外視の高級靴を履いて歩き回ったからだろう。見れば踵《かかと》に血が滲《にじ》んでいる。

「これくらい大丈夫です。歩けます」

「そうはいくか」

そう言うとカイはいきなり私の足をすくい、いとも簡単に体を抱え上げた。

「ちょ、ちょっと、何をしてるんですか！」

「軽い。もっとメシを食え」

お姫様抱っこの私をゆさゆさ揺らしながらカイは歩き始める。

「そうじゃなくて！　降ろしてください。一人で歩けますから！」

「日暮れまでに帰りたい。怪我人《けがにん》のペースに合わせてられん」

「だからって！　だからって——」

こんなの恥ずかしすぎます。神様だって見てるのに。すれ違う人だって見てるのに。

「こら、ジッとしてろ」

ジタバタと蠢《うごめ》く私を窘《たしな》めるように、カイはキュッと腕に力を込めた。

背中と膝裏に回された逞《たくま》しい腕が否応《いやおう》なしにその存在感を主張してくる。押し付けられた胸板は見た目よりずっと逞しかった。どうしよう、顔が熱い。前を向いても横を向いても人の目が恥ずかしい。

かと言って上を見てしまうと、

「どうした？」

人心を惑わす悪魔が作り上げた兵器のような美しい顔が間近にある。

「お、お願い……です。降ろして……恥ずかし……い……です」

「なんだ？　何と言った？」

顔っ。これ以上顔を近付けないで。

「馬車までもう少しだ。我慢しろ」

無理です。これ以上続けられたら。

これ以上抱き続けられたら、気付かれてしまう。

神様、お願いです。

どうかどうか、私の鼓動がカイ様に聞こえませんように。

でたらめに暴れ狂う心臓の音がカイ様まで届きませんように。

恥ずかしい。はるばる天羽教の総本山までやって来て、最初の祈りがこんなことになるだなんて。

「どうした、ルチェラ。何をモゴモゴ言っている」

「いえ、その……ルチェラって」

「ん？」

「……なんでもありません」

──ルチェラ。

は、私が修道名を思い出すまでの仮の呼び名のはずだった。

それでももう少しだけルチェラのままでいたい私がいた。

暴風公爵に魅入られた私は、もう神様の下には戻れないのかもしれない。

三章　三日目

今日も私は夢を見ていた。

私はふわふわと空に浮かんでいる。

指一本動かせないまま。

私に巻きついた二匹の蛇は、細身ながら力強く四肢をしめつけ身動《みじろ》ぎ一つ許さない。そんな拘束にも似た浮遊が、なぜだろうとても心地よい。ついつい甘えるように身をよじると、

「こら、ジッとしてろ」

目の前にカイの顔が現れた。

ああ、格好いいなぁ。

夢だからもう言っちゃってもいいですよね。

降参です。あなたは国宝級の美男子です。

これでほんの少しでも信仰心があればなぁ。

もったいないなぁ。美形なのになぁ……。

「――え？」

目を覚ますと、夢の中と同じ顔が私を見下ろしていた。

「……え？　……え？」

いや、見てはいないのか。ベッドの真横の椅子に腰かけたカイは、長い足を窮屈そうに組みながら細い顎を掌《てのひら》で支え、

「寝てる……の？」

すやすやと寝息を立てていた。どろりと頭皮から汗が噴き出す。え、どういう状況？　なぜ？　なぜ、カイ様が？　私の寝室で？　椅子に座りながら眠っているの？

「カイ……様？　あの、カイ様。ねえ、カイ様！」

繰り返すごとに声量を上げていき、三回目でようやく長い睫毛《まつげ》が微《かす》かに震えた。真っ黒な瞳が瞼《まぶた》を押し上げ、私の顔を認めると、

「ルチェラ？　ああ、眠っていたのか……ふう」

いや、『ふう』ではないはずです。この場合での第一声に、『ふう』は絶対にそぐわないです。

「な、な、何をしているのですか、カイ様。こんなところで」

「……ふう」

「カイ様！」

「お前は朝から騒がしいな、いつもいつも」

誰のせいで騒いでいるとお思いですか、いつもいつも。

「ここは俺の屋敷の俺の部屋だ。所有者が何をしていようと、誰も文句もないだろう」

「私です！　私があります！」

「所有物が所有者に文句を言う権利などない」

ああ、性格！　この方は本当にもう性格が！

「昨日、例の藪医者《やぶいしゃ》から言付けを受けてな。なんでも我亡《われな》くしの患者の記憶は夢で蘇《よみがえ》ることがあるらしい。だから、寝言でも聞いてやろうと思って見張っていたんだ」

名医様め、余計な職業意識の高さを。

「なのに、何も面白いことが聞けなかったから眠ってしまった。まったく、あの医者め。わざわざ早起きして歯ぎしりばかり聞かされていれば世話ないわ」

え、歯ぎし……？　え、私、歯ぎしり、え？

「いいか、明日はもっとましな物を聞かせろよ。公爵の時間を無駄にさせるな」

「勝手に聞いておいて、そんな言い草がありますか！」

あ、いや、違う。重要なのはそこじゃなかった。

「待ってください、カイ様！　明日も部屋にいらっしゃるつもりですか？　嫌です！　安眠が妨害されます！」

「ならさっさと思い出せ」

「お願いです、カイ様！」

「朝食だ。着替えなくていいからそのまま来い」

私の抗議を振り返りもせず背中で聞くカイは、これが答えだと言わんばかりに部屋の扉をバタンと閉めた。

嘘《うそ》でしょ。あの暴風公爵が明日も……。

だめだ。やっぱりこんな屋敷、一刻も早く逃げ出さないと。

「閣下、皇后様からの書簡が届きました！」

遅れて食堂に飛び込んできたニコラが扉を開けるなり言い放った。

「読み上げろ」

スープを掬《すく》う手を止めずカイは言う。

「はい、『諸国に誠実さをもってその名を轟《とどろ》かすラグフォルツ家にあられては――』」

「挨拶は飛ばせ。あと、立ったままでなくていい。座って読め」

「ありがとうございます」

定位置の椅子を引き咳払《せきばら》いで喉を整え、ニコラは改めて書面を読み上げた。

『五日前の未明、マルジョッタ皇国聖皇帝《せいこうてい》アディマ様は隠密《おんみつ》の上にお城をお出になり、ラグフォルツ公爵架橋の石橋を渡る際に崩落事故に巻き込まれて身罷《みまか》られた。ついては、先例に則《のっと》り選択の儀を行う故、八公爵は喪に服したままおっての連絡を待たれよ』

「以上です。同じ内容の書簡が他の公爵及び有力な御家《おいえ》に送られていると思われます」

――ガシャン。

と派手な音を立て、メイドの手から滑り落ちた皿が床を打った。「失礼しました」と即座に先輩メイドがフォローに入るが、その指も同じように震えていた。

ついに聖皇帝アディマ様の死が公になった。

同時に選択の儀の開催が宣告される。

今頃、国中の至る所で皿やカップが床を汚していることだろう。マルジョッタ皇国はこれからどのような運命を辿《たど》るのだろう。この国に暮らした記憶のない私ですら不安な気持ちを抑えようがなかった。

「思ったより公表が早かったな。もう停戦協定締結のめどが立ったのか。わざわざラグフォルツ家の名前を書簡に記すあたり、この俺を儀式から省く気まんまんといったふうだな」

ただ一人、微塵《みじん》も動揺しない男が鼻を鳴らしてスープを口に運ぶ。

「はい、皇后様のなにがしかの意志が汲《く》み取れる文面です」

「儀式の開催はいつになる」

「それについての言及はまだありません」

「まあ、間もなくだと考えておくべきだろうな。聖皇帝の死を意図的に引き起こした人物が儀式にも干渉できるのだとすれば、可能な限り速やかに全てを終わらせたいはずだ」

「はい」

「あ、あの、私も質問をいいでしょうか」

カイとニコラの応酬が収まった隙をつき、私はおずおずと手を挙げた。

「許可をとる必要はない。好きに喋《しゃべ》れ」

「は、はい。皇后様から開催の知らせが来たということは、選択の儀は王家が取り仕切る

という ことなのでしょうか？」

「当り前だろう。次期皇帝を決める儀式だぞ。他に誰が仕切るんだ」

うう、許可をとったのに怒られた。好きに喋れと言ったのに。

「仰《おっしゃ》る通りですよ、ルチェラさん。儀式は基本的には王家が取り仕切り、天羽《あまはね》教会が補佐的に参加することになるはずです」

主人のトゲトゲしさとバランスをとるかのように、ニコラは天使のような笑みを輝かせて答えてくれた。

「それでは、八公爵から次期皇帝を選ぶのも皇后様が？」

「いえ、それは違います。選択は極力人為を排して行われるはずです。天に頼み、心を空とし、指を神の物として選を為《な》す。それが選択の儀の慣わしです」

天に頼み、心を空とし、指を神の物とする……か。

「それって、籤引《くじび》きみたいなイメージでしょうか」

「そう思っていただいて結構です」

あってたし。いいのですか、次期皇帝を選ぶのにそんなガチャみたいな。

「もちろん、闇雲に籤《くじ》を引くわけではありません。儀式の前には厳密な選定が行われます。国を治める能力がない者、品位品格に欠ける者、人徳人望の浅い者は、儀式の参加すら許されません。候補者の選定は本番の儀式よりも重要な仕事と言えるでしょう」

「変な人に皇帝になられたらたまりませんものね」

例えば女子の寝所に無断で入ってくる人とか、修道女を怒鳴りつける人とか、女子に変な名前を付ける人とか。低いわー、徳。

「何だ、人の顔をジロジロと見て。朝から俺の美貌に目を奪われたか」

あと、自信過剰な人とかも追加で。

「選択の儀について、おおよそは理解していただけましたか、ルチェラさん？」

「はい、大まかには。実際儀式はどのような手順で進められるのでしょう？」

「そこまではちょっと。詳細は王家しか知りませんので。少しでも情報を得るために、皆こぞって文献を漁《あさ》っているところです」

「知らないって、それはカイ様もということでしょうか？」

「ああ、知らん」

「……公爵なのに？」

「お前は公爵をなんだと思っているんだ」

「そうですかー」

「何が言いたい」

「いえ、別に」

自分だってよく知らないくせに、随分と偉そうな物言いですね。そんな思いを噛《か》みしめるようにいつもの赤い果物に歯を立てた。

「皇帝が世継ぎを残さずに亡くなるなんて滅多にあることではありませんから。過去を振り返ってみても選択の儀が行われたのは三回だけで、その全てが最初の百年に集中しています。今回は実に七百年ぶりの開催となりますので、誰も知らなくて当然ですよ。案外皇后様も今頃文献を読み漁っているのかもしれません」

主人をフォローするように執事が口を差し挟む。

「七百年って、そんなに前の文献なんて残っているのですか？」

「普通の場所にはないでしょうね」

「煩わしいことだ。儀式の詳細が定かにならんと買収のやりようもない」

こういう考えの人がいるから、詳細を門外不出にしているんじゃないでしょうか。今すぐにでも儀式から省かれそうな不良公爵を横目に見つつ、お茶で唇を潤した。

「まあなんにしろ、動くなら今しかない。選択の儀が行われる前に俺は身の潔白を証明せねばならん」

「そうなれば、私も解放してもらえるんですよね？」

「もちろんだ。やる気が出てきたか？　では、出かける準備をしろ」

にやりと口角を持ち上げてカイが椅子を引いた。

「またウォーカイル大寺院に行くのですか？」

「いや、修道院長が戻っていないのならあそこに行く意味もないだろう。今日は北のローゼ川に向かう」

ローゼ川、それって確か……。

「石橋の崩落現場を見に行くぞ」

市街地を出てすぐに馬車は北に折れた。

北西の神山を源泉としてウォーカイル湖に流れ込むローゼ川は神の涙と呼ばれ、トルガニア領とフィンググラブ領を分かつ領境に沿って水域を伸ばしている。

お尻に伝わる車輪の振動が変わった。馬車は速度をやや落とし、緩やかな丘陵を登り始める。徐々に農地が減っていき、取って代わるようにサルビアの花が紫色の絨毯《じゅうたん》を広げていた。

例によって今日の私もご令嬢に化けさせられている。ニコラ曰《いわ》くアイメイクが若干大人向けになっているそうだが、私には違いがよくわからなかった。

ただ、ドレスの色がサルビアと同じ紫色で、少し嬉《うれ》しい。

「サルビアが好きなのか？」

気が付くと、私の肩越しにカイも窓を覗《のぞ》き込んでいた。

「はい、好きです。お花は全部好き。カイ様もお花がお好きなんですか？」

「いや、俺はどうでもいい。ただ、ルチェラが好きなものは知っておいた方がいいだろうからな」

なぜ？　怖っ。

「変な誤解をするな。どこに記憶を取り戻すヒントがあるかわからないから色々把握しておきたいだけだ。好きなものを思い出したら全て教えろ」

「好きなもの、ですか」

何とはなしに視線を空に向けると、山燕《やまつばめ》が紫色の斜面の上を滑って行った。

「鳥は好きです」

「その調子だ」

「あと、晴れた日の雲とお日様と雨の前の匂いと、それからそれから……待ってください、好きなものですよね。えっとえっと」

「無理に出す必要はない。思いついたらでいい」

「カイ様は何がお好きなんですか？」

「何だと？」

「カイ様のお好きなものです。何がお好きなんですか？」

「………………」

別に深い意図があっての質問ではない。ただ、自分が好きなものを思い出すヒントになればと思って聞いただけのことだったけれど、カイは虚を衝《つ》かれたように目を丸くして黙り込んでしまった。

また呆《あき》れさせてしまったのだろうか。仕方なくまた車窓に目を移すと、商人達が急ぎ足で街道を歩いていく姿が見えた。仕事そっちのけで話し込む農夫や職人の姿もちらほら見かける。聖皇帝崩御の知らせは、水のグラスをテーブルに倒したかのように、今まさに国中に広がろうとしている。不安そうな表情の領民達を慰めるように、天羽教の笛吹僧《ふえふきそう》が間抜けな音色を鳴らしながら練り歩いていた。

「あれは、嫌いだ」

不意にカイがそう言った。

「何ですか？」

「好きなものは何も思いつかん。だが、嫌いなものならあの笛吹僧の笛の音だ」

え、もしかして、ずっと質問の答えを考えていてくれたんですか？　軽い気持ちで聞いたのに申し訳ございません。

笛吹僧とは、神の教えを音楽に合わせて布教する天羽教の僧侶の総称だ。笛だけでなく

太鼓や弦楽器を奏でる僧もいるが、みんなまとめて笛吹僧と呼ばれている。すっかり国民の生活に馴染《なじ》んだ光景だが、

「ぴーひゃらぴーひゃら、うるさいんだ」

おお、全否定。

「俺以外の者を仰々しく敬いおって」

嘘《うそ》でしょう、もしかして神様に嫉妬されているのですか？　暴風公爵の暴慢もここまで来ましたか。やはり、こんな罰当たりな公爵の下は一刻も早く離れないと。

……でも。

仮に記憶が戻ったとして、その記憶がカイの無実を証明するものだったとしたら。

私は自分を神様に伍《ご》すると自認する思い上がり者を、皇帝の座に近付ける手助けをすることになってしまう。

神様、私は本当に記憶を取り戻してもよいのでしょうか？

「もうすぐ着くぞ、ルチェラ」

私の内心の葛藤を知ってか知らずか、カイは神妙な面持ちでそう告げた。

「今から行く場所は聖皇帝のお命とお前の記憶を奪った崩落事故の現場だ。架けたばかりの石橋がなぜ落ちたのか、その原因を探りつつ、あわよくばルチェラの記憶の回復も図りたい」

「……はい」

「怖いか？」

「え？」

私の逡巡《しゅんじゅん》をどう曲解したのだろうか、カイはふっと表情を曇らせた。

「お前の脳が記憶を保持するべきではないと判断したほどの凄惨な事故の現場だ。怖いと感じるのも無理はないだろう」

「怖い……怖い？」

「どうした？」

「そう言われれば、怖い場所のような気がしてきました」

「今頃か。お前本当に事の重大さがわかっているのか」

「な、なんですか。いいじゃないですか、どうせ怖いと言ったって引き返してくれないんでしょ」

「それは無理だ。情けない話だが今の俺はお前に縋《すが》るしかない。だから……」

「わかってます、行きましょう。私だって戻せるものなら記憶は戻したいですから」

「すまない」

「はい」

「…………」

「…………………」

「…………え？」

今、なんと？

「人の顔をジロジロ見るなと言っただろう」

いや、無理でしょう。見るでしょう。だって今、暴風公爵が今、謝っ――。

「あ、思い出しました。私赤色が好きなんです」

「何を見て思い出したんだ」

「カイ様は何色がお好きですか？」

「知らんわ」

見られるのを嫌がるようにカイはぷいと顔を背ける。しかし、赤色が見たいなら耳だけで十分だった。

「もう一つ、質問をよろしいでしょうか？」

「許可はいらんと言っただろう」

「なぜ、カイ様は皇帝になりたいんですか？」

「何？」

こんなに必死になってまで、こんなに駆けずり回ってまで、どうして。公爵でも十分偉いじゃないですか。どうして、そんなに真っ赤になってまで皇帝という地位に拘《こだわ》るのですか？

「それは――」

「閣下、早馬が来ます！　我が家の伝令のもようです」

「馬車を止めろ！」

返事は突然のニコラの叫び声によって遮られ、カイは一瞬にして顔色まで切り替えて命令を下した。

「閣下に申し上げます！」

早馬を飛ばしていたのは、ニコラの見立て通りラグフォルツ家の兵士だった。カイの命令で石橋の崩落現場を警護していたはずの守備兵が、こんな場所を必死の形相で駆けていた理由はいったいなんだ。

「つい先ほど崩落現場の守護中に兵の接触を受けました。自兵に怪我人《けがにん》が発生したため撤退を余儀なくされ、ただ今付近の村に駐留中であります！」

「敵軍の紋章は？」

「火牛です」

「トルガンめ」

暴風公爵の闘志に火がつく瞬間を目撃した。守備兵に待避を命じ、即座に馬車を発進させる。桁違いの速度で馬蹄《ばてい》が轟《とどろ》いた。座っているのにじっとしているのが一苦労だった。

「カイ様、いったい何が？」

「北のトルガン公爵が兵を動かした」

「どうして？」

「知らん。考えるより直接聞いた方が早い」

カイの言葉通り、馬車はすぐに停車を強いられた。橋に続く街道を封鎖していたのは物々しく武装した兵士の一団。百人近くはいるだろうか、頭から爪先までを鎧《よろ》う黒の甲《かっ》冑《ちゅう》を、炎を背負った牡牛《おうし》の紋章が飾っていた。

記憶の怪しい私でもこれだけは忘れない。

八公爵の一人、トルガン家の紋章だった。

「引き返されよ！　ここより先は蟻《あり》の子一匹通すなとのトルガン公爵のご命令である」

兵の長らしき男が進み出て声を張り上げた。一応、槍《やり》を空に向けているあたり、同じ公爵家であるラグフォルッ家の紋章が刻まれた馬車に礼を尽くしているつもりのようだが、

「命令だと？」

その一言が暴風公爵の怒りの火に油を注いだ。「中にいろ、絶対出てくるな」と私に言いつけて馬車から飛び降りると、カイはたった一人で兵団の前に進み出た。

「ラグフォルツ家当主、カイ・ラグフォルツである。許可なく他領に軍を差し向けて何の命令を通すつもりか」

「な、カイ・ラグフォルツ……公爵？」

まさか公爵当人が単身乗り込んでくるとは思わなかったのだろう、トルガン兵に動揺が走る。「あの、暴風公爵が」とヒソヒソ囁《ささや》く声がそこかしこから立ち上った。

「落ち着いてください、閣下！　候補者の選定前に揉《も》め事はご法度です」

「わかっている、ニコラ。揉めるつもりなど毛頭ない。俺はただ説明を聞きたいだけだ」

ああ、カイ様がすっごい嘘をついている。

本当に揉めるつもりがないのであれば、腰の剣から手をお離しください。目に見えて手に触れられるほど濃い殺気を隠す努力をしてください。

「……失礼いたしました。ラグフォルツ公爵閣下」

殺気に射すくめられたのか、あるいは爵位に敬意を表したのか、兵士長は素直に謝意を表した。

「我々はトルガン公爵より、聖皇帝アディマ様のお命を奪った不浄の橋を落とせとの命を受けて参りました。すでに爆薬の仕込みは完了しております。トルガン公爵の命令があり次第、即座に発破をかけますので巻き込まれる者が出ないよう街道を封鎖させていただいております」

橋を落とす？　どういうことだろう、橋ならとっくに……あれ？　あるな。石橋崩落と聞いていたからてっきり跡形もなくなったのかと思っていたけれど。街道の先を見てみれば、落ちたのは全長十数メートルの真ん中だけで両端は綺麗《きれい》に残っている。この分だと真ん中だけを補修すればすぐにでも橋は蘇《よみがえ》りそうなものだが。

「橋を落とすとは、どういうことだ？」

カイの声のトーンが一つ下がった。周囲の温度も合わせて低下したような感覚に襲われる。空気に呑《の》まれまいと兵士長が一層声を張り上げた。

「元々トルガン公爵は、聖なる川への冒瀆《ぼうとく》として橋の建設に反対されておりました。しかし、ラグフォルツ様が強引に架橋を決行し、聖皇帝が後追いで承認された経緯がございます。その曰《いわ》くつきの橋が崩落し、聖皇帝のお命を奪ったとあれば是非もございません。可及的速やかに跡形もなく不浄の橋を落とせとのご沙汰でございます」

「貴様、正気か？」

「お言葉にお気を付けください」

「橋の崩落が聖皇帝のお命を奪ったというのなら、なおさら綿密な調査が不可欠だろう。なぜ急《せ》いて落とす必要がある」

「我々にそれを検討する権能はありません」

「証拠の隠滅を図る気か」

「……何のことかわかりません」

「調査の必要もなかった、まんまと下手人が墓穴を掘ったわ。勇猛で鳴らしたトルガンが随分と姑息《こそく》な姦計《かんけい》を用いるようになったことだ。兜《かぶと》を脱いでよく見てみろ。火牛が泣いているぞ」

「ぶ、侮辱するか！」

ジャキリと金属が触れ合う音が鳴り、瞬時に槍衾《やりぶすま》が形成された。百人分の怒りと殺意を具現化する刃の壁。しかし、包囲された当人は涼しい顔を崩さない。

「家の名誉を守ろうとしたことは褒めてやる。だが、俺に槍を向けるな。死ぬぞ」

不意に、匂い立つようだったカイの殺気が搔《か》き消えた。それは唐突に世界から音が消えたような違和感で、一瞬にして全身が粟立《あわだ》った。

トルガン兵も同じものを感じているのだろう。じりじりと槍衾が下がっていく。指一本動かしていないカイを前に、角を振り立てた火牛が後退《あとずさ》りを強要される。

誰も何も喋《しゃべ》れなかった。口を開けば次の瞬間誰かが死ぬ。そんな確信をいだかせるような沈黙があたりを支配していた。

そして、剣の柄を握るカイの腕に力が籠る。

「カイ様、だめです」

その瞬間に、私は馬車を飛び降りて暴風公爵の前に両手を広げて立ちはだかった。

「ルチェラ、お前。出てくるなと――」

「私も嫌いなもの、思い出しました」

「なんだと？」

「人が殺されるのが嫌いです。とても……とても」

「………」

「だから、こんなことは止めてください。私はカイ様が人を傷つけるところを見たくありません」

カイの真っ黒い目に困惑の色が差した。それはすぐに自問の色に変わり、自答の色を経て元の黒色に戻った。

「わかった。そんな顔をするな、ルチェラ」

カイは私の手を取ると飛びつくようにして馬車へと乗り込み、雷のような号令を発した。

「行くぞ」

「引き返せ！」

馬車が馬蹄を鳴らして走り出す。

その瞬間、トルガン兵全員分の安堵《あんど》の息が聞こえた気がした。

走り出した馬車はすぐに再度の停止を命じられた。カイは私とニコラを街道に下ろし、代わって御者席で鞭《むち》を握る。

「お前達は付近の村で守備兵と合流しろ」

「閣下は？」

「ルチェラの言う通りだ。雑魚といくら揉めてもきりがない。下から川を渡って向こう岸に回る。トルガンが近くに来ているはずだ。あいつと直接話をつける」

「お一人でですか？」

「時間がない。お前はルチェラから目を離すな、絶対にだ」

最後の言葉に力を込めてカイは馬に鞭を入れる。人間二人分軽くなった馬車は見る間に小さくなっていった。

「お待ちください、閣下！　くそ、なんてことだ」

顔にかかった髪を跳ね上げ、珍しく悪態をつくニコラ。

「あの、カイ様はどこへ行かれたのですか？　川を渡ると仰《おっしゃ》ってましたけど」

「もう少し下流に歩いて渡河できるポイントがあるのです。そこで馬車を預けて向こう岸に渡るつもりでしょう」

「無茶じゃないですか、たった一人でなんて」

「確かに無茶ではありますが。それはあなたも同じでしょう、ルチェラさん。戦闘モード全開の閣下の前に飛び出す人なんて初めてですよ」

ニコラは呆《あき》れたように私の顔を見つめて言う。

「あれは……気が付いたら体が動いてました」

すっごく怖かったんですけどね、本当は。

「おかげで閣下も命拾いをしました。あそこで剣を抜いていたら、閣下を候補者から外す口実をもう一つ相手に与えるところでした」

「トルガン様はなぜああも性急に橋を落とそうとなさるのでしょう。やはり何かの証拠隠滅を？」

「それが一概にそうとも言い切れなくて」

「危ない、ジオ！」

ニコラの言葉に被《かぶ》さって背後から大きな声が飛んできた。

続いて太腿《ふともも》にぼすっと軽い衝撃を受ける。振り返ると小さな男の子が石畳に尻餅をつきながら、驚いたように私を見上げていた。

「ジオ、だから言ったでしょ！　申し訳ございません、お召し物に傷はありませんか？」

祖母だろうか、追いかけてきた女性が曲がった腰をさらに曲げる。

「いえ、私は全然大丈夫です。それよりこの子の方が……」

「ほら、ジオも謝りな！」

「……ごめんなさい」

「ううん、平気だよ。お姉ちゃんちっとも痛くなかったから。君の方こそ大丈夫だった？」

「うん！　お姉ちゃんの足、枯れ木みたいだったから全然平気！」

え、枯れ木……。

「これ、なんてことを言うの！　本当に申し訳ございません。この子ったらもう馬鹿みたいに元気で」

「あ、はい、いえ、そんな」

枯れ木……え、私、そんなに……。

「俺、馬鹿じゃないし！」

「馬鹿みたいに元気って言ったんだよ。本当になんとお詫《わ》びをしたらいいか。私達この近くの村に住んでいるのですが、暴風公爵の罰当たり橋が落とされるって聞いたら急に走り出しちゃって」

何の何橋と仰いましたか？

「落としちゃだめ！　橋落としたらだめ！」

「しょうがないでしょ、壊れちまったんだから」

「直せばいいじゃん！」

「だめだめ。ばあちゃん、いつも言ってたでしょ。あんな物を使ってたらきっと罰が当たるって。天羽教教徒ならね、一歩一歩川の水を踏みしめて渡らなきゃだめなの」

「なんでそんなことしなくちゃいけないの？　意味わかんないよ、バカみたい」

「生意気言うんじゃないの」

「ねえ、お願い！　橋を落とさないで！」

「ばあちゃんに言ってもしょうがないでしょ。ほら、もう行くよ。どこのお嬢様か存じ上げませんが、本当に申し訳ございませんでした」

ジオと呼ばれた少年の首根っこを引っつかみ、老女は何度も頭を下げながら村に帰っていった。仲が良《い》いようで姿が見えなくなっても言い合う声が聞こえてくる。

ニコラはそんな二人の声が聞こえなくなるまで見送って、ようやく私を振り返った。

「では、私達も行きましょうか。守備隊と合流しなくては」

「はい。でも、あの、暴風公爵の罰当たり橋というのは……」

「ぐうっ」

「あれ、ニコラさん？」

「えっと……その、あ、見てください！　あそこの木！　山燕《やまつばめ》の巣がありますよ」

「はい？」

「ルチェラさん鳥が好きだと仰ってましたよね。ほら、あそこ！　雛《ひな》もいます」

「あ、はあ。えーっと、ニコラさん？」

急にどうしたんですか。会話の方向転換が急すぎやしませんか。そんな思いでニコラの横顔を見つめていると、

「……参りましたね、田舎の村の人達は。口さがなくて」

ごまかしきれなかったかというふうに苦笑いを浮かべた。

「実は、閣下の架けた石橋は付近の民の評判が良くありませんで」

「え……橋がですが？」

「はい、橋がです」

そんな物に好悪があるとは考えもしなかった。いくら暴風公爵の作とはいえ、橋まで嫌われてしまえばさすがに気の毒な気がしてくる。

「仕方のない部分もあるのです。ローゼ川は神の涙として古来神聖視されて来ました。ゆえに熱心な信徒の間では、神のお顔を跨《また》ぐような不敬な橋は架けてはならないという考えが根強くて。実際、橋の計画が上がるたびに強い反発を受けてきましたし、以前に閣下が渡した吊《つ》り橋が一晩で落とされるという事件もありました」

「そんなことが……」

橋が落とされるのは今回が初めてじゃなかったのか。

「さすがの閣下もあの時は意気消沈されていました」

「ですよね。え、橋って本当にいらないんですか？」

「そんなはずないでしょう。川を歩いて渡るなんてあまりにも危険すぎます。それにこの近辺は見ての通りの農村地帯ですから、物資の運搬に橋は不可欠です。だから閣下は、おいそれと落とされないように石橋の架橋を計画されたのです。お一人で色々と研究され、随分苦労をされてやっと一か月前に完成したのですが、やはり理解は得られなかったようであんな呼ばれ方を……」

「暴風公爵の罰当たり橋、ですか」

「閣下にはコレでお願いします」

長い人差し指をぴんと立て、唇にあてがうニコラ。

「ただでさえ評判の悪い橋が聖皇帝のお命を奪ったとなると、憎しみを向ける人も少なくないと思います。トルガン様がやらなくても誰かがやっていたでしょう」

「そうですか。少し……可哀想《かわいそう》ですね」

「え?」

みんなのためを思って架けた橋なのに。喜んでくれる子だっていたのに。日頃の行いのせいだと言われれば返す言葉もないけれど、それでも……。

「カイ様が可哀想だと思います」

「えっと、ルチェラさん。あまり自覚はないかと思いますが、あなたは一応閣下に監禁されている身なのですよ。お忘れですか?」

出来の悪い生徒に物を教える教師のようにニコラは言う。

「監禁？　そっか、そう言えばそうでしたね」

「まさか、本気で忘れてたんですか？」

「そんな目で見ないでくださいよ。そっか。監禁か、私。うーん、いや、でも……」

「ルチェラさん？」

「やっぱり可哀想です！　私、囚《とら》われの身ですけど、それでもやっぱり可哀想が勝っちゃいます！」

力強く言い切ると、ニコラは困惑を通り越して噴き出した。

「なるほど、確かに閣下の言う通り、あなたは度を越したお人好《ひとよ》しのようですね」

「笑わないでください。いいんです、親切さは修道女のモットーですから」

「失礼しました。さて、もう行きましょう。早く守備兵と合流して閣下を迎えにいかないと——おっと！」

言葉の途中で急にニコラが駆け出した。見れば、広げた掌《てのひら》で白くてふわふわの何かを受け止めている。

「わ、雛ですか」

「ええ、巣から落ちたみたいですね、危なかった。親鳥はどうしたんでしょう」

そう言いながら、二人で木の枝を見上げた瞬間だった。

――――。

今、何か通った？

咄嗟《とっさ》に後ろを振り返る。石畳から伸びた草がゆらゆらと揺れていた。今、風なんて吹いていたか？

いや、違う。やっぱり何かがここを通ったんだ。私達が背を向けている間に。軽くて、すばしっこくて、音もなく太腿にぶつかれるくらいの小さな何かが。

「どうしました？」

「しっ」

今度は私が人差し指を立てる番だった。聞こえる。老婆が子供を呼ぶ声。

反射的に駆け出した。

「ルチェラさん」

「すぐ戻ります、待っていてください」

「待って、ルチェラさん！」

「すぐ戻りますから！」

「少しは捕虜の自覚を持ってください！」

追いすがるようなニコラの声を振り切って、私は駆けに駆けた。

きっと気のせいだ。きっと私の考えすぎだ。でも万が一のことがあれば、そう思うと足は止まらなかった。もうすぐだ、木立を抜ける。

ああ、いた。

ジオだ。やっぱりさっき後ろを駆け抜けていったのはジオだったのか。

元気の有り余る男の子、橋が大好きな男の子、口さがない田舎の村の男の子がトルガン兵に向かって何かを叫んでいる。恐れを知らない小さな手が火牛の紋章にべたりと触れ――。

「やめて！」

小さな体が宙を舞った。小石のように石畳に転がった。

「ジオ！」

今、ジオの体を吹き飛ばしたのは枯れ木のような太腿ではない。攻撃のために作られた鋼鉄の槍《やり》の柄だ。

駆け寄って体を抱き起こした。微《かす》かな呻《うめ》き声が上がる。よかった、意識はある。私に気が付いたのか、ジオは火のついたように泣き喚《わめ》いた。

「ジオ、大丈夫？　吐き気はない？　目は見える？」

「お姉ちゃん……あいつらを止めて。橋を落とさないで」

「喋《しゃべ》らないで」

「ばあちゃん、足が悪いから……」

「え……？」

「ばあちゃん……言わないけど、川の水が足に沁《し》みるから……だから、橋があれば俺が代わりに……」

「ジオ……」

胸が壊れそうになった。血と涙でぐしゃぐしゃになったジオの顔を強く抱き締めようとして抱き締められず、ただ頬を撫《な》でた。柔らかい体にこれ以上傷がつかないように、ゆっくりと優しく。

「さっきの女か。なぜ戻った」

そんな私に鉄塊のような言葉が落ちてくる。容赦なくジオを薙《な》ぎ払ったトルガン兵だった。

「どういうつもりですか。なぜこんなことを」

「こいつはトルガン家を侮辱したのみならず、卑しくも火牛の紋章に手を触れた。薙ぎ払ったのが槍の柄であったことに感謝しろ」

「子供のやることでしょう」

「子供であっても許さん」

槍の柄で石畳を叩《たた》く不快な音が耳を突く。どす黒い感情が胸に広がった。

「……カイ様に臆したからですか？」

「何だと」

「剣も抜かないカイ様一人に後退《あとずさ》った恥を、こんな子供にぶつけたのですか？」

「貴様……」

「火牛を一番貶《おとし》めているのはあなた達です」

「侮辱するか！」

兵士長が槍を振り上げた。咄嗟にジオを背中に隠す。また目の奥に痛みが走った。今度の痛みは今までとは比較にならないほど強くて深い。

その瞬間何かが弾《はじ》けた。

ああ、知っている。

私はこの光景を知っている。

背中に倒れた人の温《ぬく》もり、前に殺意の籠った刃。

私は知っている。

「……え？」

兵士長の動きがぴたりと止まった。槍を振り上げた姿勢のまま、怯《おび》えたように私を見下ろしている。

「こいつ、目が」

——目？

「うわっ、なんだ、この女」

「見ろ。この女、目が！」

「目が金色に！」

二人三人四人と、私が視線を振る度に兵士達に動揺が広がっていく。彼らは皆一様に私の顔を指さして叫ぶ。

「こいつ、目の色が変わったぞ！」

ああ、そうだ。思い出した。私は、この目を見られてはいけないんだった。この目、この目を誰かに見られると私はいつも、

「魔女め！」

「魔女を殺せ！」

そう罵られて攻撃される。

「やめろ！」

兵士達の鬨《とき》の声を掻《か》き消すようにニコラが叫んだ。長い金髪をたてがみのようになびかせ私とトルガン兵の間に割って入る。

「槍を引け！　この方はラグフォルツ家の客人である。公爵家同士で一戦交える覚悟があってのことか。さもなければ、引け！」

柔和な執事の顔を捨て、鋭い視線で睨《にら》みをきかせる。しかし、トルガン兵も黙らない。

「後ろを見ろ、その女は魔女だ！」

「魔女に騙《だま》されるな！」

「魔女？」

振り返ったニコラの顔が硬直した。天使の面影が搔き消える。初めて見る顔だった。

「ルチェラさん……その目は」

鳥肌が全身を駆け抜けた。だめだ、見られてはいけない。

「この子をお願いします」

何か言われるより先にジオを託して駆け出した。街道から脇に逸《そ》れて木立に飛び込む。

「魔女を逃がすな！」

ガチャガチャとけたたましい鎧《よろい》の音に追われながら、私は草木の生い茂る斜面を夢中で下った。

「待て、魔女！」

林間に怒号がこだました。

「止まれ、魔女！」

なぜだろう、なぜ私はこうなるのだろう。

この目のせいだ。この目のせいで私はいつも傷つき、奪われ、虐げられる。

昔からそうだった。

『見て、シスターニーナの目が金色に！』

『悪魔の目よ！　シスターニーナが悪魔に取り憑《つ》かれた！』

『こっちを見ないで、魔女！』

私がいったい何をしたというのだろう。この目が憎い。怪しく光る金色の眼《め》が──。

ぞくりと背中に悪寒が走った。何かが来る。反射的に身を伏せると、頭の上を鉄の槍が殺人的な速度で通過した。

「くそう、外したか」

逃げなくちゃ。林の中の追いかけっこなら体の小さな私に有利だ。木立をすり抜け、枝をかわし、石を飛び越え、落ち葉の積もる斜面を懸命に下ると、

「────っ」

突然、視界が開けた。足の裏が砂利を踏む。

しまった、河原に出てしまったか。周りに身を隠せる場所はない。前にはローゼ川の豊かな流れ。その向こうには切り立った崖が壁のように立ち塞がる。

どっちに逃げる？　上流か、下流か。

「……あ」

向こう岸にカイの姿が見えた。小さいけれど間違いない。

もうあっち側に渡ったんだ。崖の上を自分の足で一心不乱に駆けている。すごい、足が速いんですね。

──助けて。

唇まで出かかったその言葉を、両手で無理やり抑えつけた。

バカ、呼ぶな。呼んでどうする。カイは今、橋の爆破を止めるために一刻を争って走っているんだ。カイが領民を思って架けた橋、ジオが体を張って守ろうとした橋。私なんかが邪魔をしていいはずがない。

しっかりしろ。ここから助けを求めたって間に合わない。仮に間に合ったとしてもカイにまでこの目を見られたら……だめだ、それだけは。

「追い詰めたぞ、魔女」

背後から身震いのするような声が聞こえてきた。木立の隙間から陽光を跳ね返して槍の穂先が伸びてくる。二本、三本、四本──続々とトルガン兵が河原に姿を現した。見る間に退路を塞がれる。

「観念しろ。そうすれば一突きで楽に殺してやる」

そう言いつつも一人で切り込んでくる勇気はないらしい。兵士達は槍衾《やりぶすま》を形成し、歩調を合わせてじりじりと距離を詰めて来る。

後退った踵《かかと》が空足を踏んだ。後ろはもう川だ。飛び込むしかない。泳げるか、この流れを。できなくてもやらないと。膝が震えた。歯の根が合わない。怖い。私の体はこの川の恐ろしさを知っている。

「魔女を闇へ！」

利那の逡巡《しゅんじゅん》を見逃さず、兵士長が槍を振り上げる。

それにタイミングを合わせるようにローゼ川に轟音《ごうおん》が炸裂《さくれつ》した。川面《かわも》に長大な水柱が立ち上り、水飛沫《みずしぶき》が雨のように降り注ぐ。

「な、なんだっ！」

「退《ひ》け！」

慄《おのの》いた兵士達がガチャガチャとけたたましく後退した。

「魔女の魔法か？」

違います。そんなもの使ってないし使えません。それでも魔法だと言い張るのならば、これは召喚魔法の類《たぐい》だろう。流れの中からざぶりと二本の腕が突き出てきた。そして、私の足元の岩場をしかと摑《つか》むと――ああ、そんな。

「無事か、ルチェラ」

水飛沫をまき散らし、水の中からカイ・ラグフォルツ公爵が上がってきた。

「嘘《うそ》……カイ様」

「怪我《けが》はないな？」

「そんな、なんで……」

さっきまで崖の上にいたはずなのに。向こう岸を走っていたはずなのに。

「二度言わせるな、怪我はないか」

「……はい、ありません」

「よし」

カイは安堵《あんど》の息を漏らすとぐっしょりと濡《ぬ》れた黒髪を掻き上げた。

まさか、飛んだのですか。あの崖を。目も眩《くら》むほどのあの崖を。私を助けるために？

どうして？

「そのまま、少し目を閉じていろ」

そう言うと、カイは呆然《ぼうぜん》とする私を背に隠し、

「さて、貴様ら……これはどういう了見だ」

腰の剣を抜き放ってトルガン兵を睨《ね》めつけた。

「ラ、ラグフォルツ公爵だ！」

「馬鹿な、どこから現れた？」

驚きで言えば彼らの方が遥《はる》かに大きいことだろう。まさしく青天《せいてん》の霹靂《へきれき》の如《ごと》く出現した暴風公爵に、トルガン兵がにわかに浮足立つ。

「ここまでのことをされれば、自衛のために剣を抜かずにいられない。貴様ら、この女が俺の物と知って槍《やり》を向けたのか」

「お、俺の物？」

その言い方は誤解を招きます、カイ様！　いつもの所有物としての発言でしょうが、この場合はデリケートな誤解を生んでしまいます、カイ様！

「答えろ」

すでに士気は崩れていた。カイが一歩を踏み出せば、兵士達は二歩も三歩も後退する。

「怯《ひる》むな、相手は一人だぞ！」

唯一下がらなかった兵士長が部下を戒めるように槍を構えるが、その勇敢さがかえって暴風公爵の逆鱗《げきりん》に触れた。

「二度言わせるな。俺に槍を向けると──」

利那、顔に風が当たった気がした。瞼《まぶた》を閉じてまた開くと、もうそこにカイはいない。文字通り、瞬きの間に一足飛びで槍の間合いを飛び越えると、

「──死ぬぞ」

剣を握った右腕を無造作に払った。

まるで突風に吹き散らされる枯葉のようだった。兵士長と巻き添えを食った両隣の兵が宙をすっ飛ぶ。人間の弾丸と化した彼らは、それぞれがまた幾人かの巻き添えを生み出しながら錐揉《きりも》みするように吹っ飛んで、悲鳴も上げずにバタバタと河原に転がった。

……すごい、これが暴風公爵の剣なのですか。

カイはたった一振りで包囲網の一角に大穴を開けると、何事もなかったように剣を収めた。

「連れて行け。すぐに処置すれば何人かは復帰できる」

「ば、化け物だあ！」

「逃げろぉ！」

統制を失った集団が崩れるのは早い。カイが乱れた髪を整える間に、河原には一人の兵の姿もなくなっていた。

「終わったぞ、ルチェラ」

河原に濡れた足跡を残しながらカイが私の下に戻ってくる。

「カイ様……」

「大丈夫だ、誰も殺してはいない」

「なぜ、帰ってきてしまったのですか？」

「……………」

「爆破を止めないといけないのに。一刻を争っていたはずなのに。どうして」

ああ、違う。何を言っているんだ。

私にこんなこと言う資格などありはしないのに。

「申し訳ございません。私を助けるためですよね。申し訳ございません」

目頭が震えた。だめだ、泣くな。今は絶対に泣くな、バカ。

「本当にごめんなさい、言いつけを守らなくて。すぐ村に避難します。だから、カイ様はトルガン様の下に向かってください」

しかし、カイの足は動かない。

「お願いです、お急ぎください。大事な橋が落とされてしまいます。カイ様が苦労をして架けた橋が。お願いします、あの橋が必要だと言ってくれた子もいるんです」

それでもカイは動かなかった。もう間に合わないと悟っているのだろう。何も言わず、静かに私の顔を見つめていた。

「お願いだから、走ってください。カイ様足が速いんですよね？　びゅんと行けちゃうんですよね？　だから、お願い。そうだ、私が行きます。今から橋に行ってきます。いくらトルガン様でも橋に人が立ち入った状態で爆破なんかできないですよね。それがいいです、カイ様はその間にトルガン様に交渉を――」

走り出そうとした手を掴まれた。そのまま引き寄せられ、いつかのように力強い腕で抱き寄せられる。

「離してください」

「もう間に合わん」

「間に合います」

「間に合わん」

「間に合います！」

「それより、もっとよく顔を見せてみろ」

「え？」

その時初めて、私は自分の目の色が変わっていることを思い出した。咄嗟《とっさ》に顔を背けようとするけれど、カイはそれを許さない。大きな掌《てのひら》を頬に当てて唇を奪おうとするかのように強引に顔を覗《のぞ》き込む。

「嫌っ」

「目を閉じるな。俺を見ろ、ルチェラ」

私はなぜだか、その言葉に逆らえなかった。固く瞑《つむ》った瞼を開き、カイの漆黒の瞳を受け入れる。

「綺麗《きれい》だな」

「え……？」

「収穫前の麦畑みたいだぞ」

涙で滲《にじ》んだ視界の中で、カイは静かに微笑《ほほえ》んでいた。

「好きな色を思い出した。俺の好きな黄金色だ」

次の瞬間谷間に爆音が鳴り響き、私達の目の前で石橋は跡形もなく崩れ落ちた。

気が付くと、目の色はいつの間にか元の色に戻っていた。

粉じんの舞う細道をカイと二人で並んで歩く。街道の合流地点まで歩き着くと、蹲《うずくま》って泣きじゃくる少年を見つけた。隣には目を赤くした老婆がぴったりと寄り添っている。

「どうした、小僧？　なぜ泣いている」

「落ちちゃったぁ、橋が落ちちゃったよぉ」

「……そうだな」

「せっかく、せっかく、ばあちゃんが楽できる橋が……悲しいよぉ」

「もう泣くな。橋はまた架ければいい。俺が必ず架けてやる」

「本当に？　本当に架けてくれるの？　絶対だよ」

「約束だ。今度はもっと頑丈なやつを渡してやる」

「……それはいい。やめて」

「…………」

「前と同じのがいい」

「なぜだ？」

「そんなの決まってんじゃん」

少年は目に溜《た》めた涙を袖で拭い、大きな声で言い切った。

「カッコいいから！」

一瞬、カイは驚いたように目を丸くし、

「……そうだな、俺もそう思う」

どっちが子供かわからないような笑顔で高らかに笑った。

ああ、まずい。この笑顔を見てはいけなかった。

どうしよう。暴風公爵なのに。傍若無人な暴君なのに。

神様、ごめんなさい。目が離せません。

四章　四日目

その日の夢は、今までと様子が違っていた。

いくつもの水音が混じり合って鼓膜を揺さぶる。大粒の雨、轟々《ごうごう》たる川の流れ。

私は橋の真ん中に立っていた。背後には傷つき倒れた誰かの体。そのまた後ろで橋は崩れ、水嵩《みずかさ》の増したローゼ川が私達を誘うようにうねりを上げていた。

雷鳴が轟《とどろ》く。稲光が幾本もの刃に跳ね返り、私の顔を照らした。

『お前も死ね』


悲鳴を上げて飛び起きた。

まだ薄暗い寝室に荒い息が満ちていく。息を吐く度、目が痛んだ。

姿見に映った私の両目は、夜明け前に朝日の代わりを果たそうとするかのように、爛々《らんらん》と黄金色に輝いていた。反射的に目を逸《そ》らすと、

「夢を見たのか？」

真横の椅子で眠っていたカイが、むくりと顔を上げてそう尋ねた。


「ルチェラ、何の夢を見た。教えろ」

ベッドに乗り上がってこんばかりの勢いでカイが尋ねる。

「は、はい。えっと……ちょっとお待ちください」

「どうした、早く言え」

「はい、申し上げます、もちろん。その前に少しだけ落ち着く時間をいただけないでしょうか。この状況がどうにも慣れないものでして……」

「だめだ、早く言え。夢の内容など得て忘れやすいものだ」

「わ、わかりました。ただ、もう少し離れていただけないでしょうか。殿方にあまり近付かれると、その、緊張が……」

「だめだ、早く慣れろ。どうせ今日だけのことじゃない。さあ、話せ」

「では！　ではせめて！　顔を毛布で隠してお話しすることをお許しください。寝起きの顔をまじまじと見られるのは、ちょっと」

「だめだ。表情に記憶のヒントが隠されている可能性もある。しっかりと、俺に顔を見せて話せ」

もう、何っっにも聞いてくれない！

この人、一っっつも言うこと聞いてくださらない！

そもそも、どうしてあなたは当り前のように私と同じ部屋で眠っているのですか。

正直、暴風公爵を舐《な》めていた。

私の寝言観察計画、まさかここまで徹底されることになるなんて。

暴風公爵の無遠慮な手は、唯一の安息の地である寝室にまで伸びていた。

昨晩、疲れ果てた体をベッドに横たえると、何の前触れもなくメイド達が部屋に現れ、クッションの利いていそうな豪華な椅子が運び込まれてきた。何事だろうと眺めていると、次に小さな机と書類棚が持ち込まれ、続いて剣と槍《やり》が搬入され、最後に部屋着姿のカイ・ラグフォルツ公爵が入ってきた。

唖然《あぜん》とする私を一顧だにすることなく、カイはさっさと椅子に腰かけ、「気にせず、寝ろ」と最低限の言葉だけを発して書類に目を通し始めた。

いや、寝れるかぁ……です。これはもう修道女とて、寝れるかぁが出てきます。

ただでさえ、昨日の昼は色んなことがあり過ぎて、心がぐちゃぐちゃに乱されていたというのに。ジオがトルガン兵に殴られて、私もトルガン兵に殺されかけて、間一髪で命を救われて、それでも石橋は落とされて。

中でも最も強く私の心を揺さぶったのは、切れ切れに蘇《よみがえ》ったおぼろげな記憶の断片――。

「なるほど。つまり、今見た夢は昼間ローゼ川で思い出した記憶を補強するようなものということか」

一通り夢の内容を聞き終わったカイは、椅子の背もたれに体重を預けてそう言った。

「はい、そうなります。ごめんなさい、新しい情報が何もなくて」

私は掛け布団をグルグルに纏《まと》いながら、立てた膝を胸に抱く。

「気にするな。それにしても、あの藪医者《やぶいしゃ》の言った通りだな。我亡《われな》くしの記憶は夢に現れるか……刃を持って迫ってきた連中は誰かわかるか？」

「さあ。所属や身分を示すものは何もなくて。ただの夜盗のように見えました」

「あるいは、そう装ったどこかの兵士か」

「トルガン様……ということでしょうか？」

「可能性は非常に高い。でなければ、あそこまで強引に橋を落とす理由がない。だが、トルガンはなぜ聖皇帝《せいこうてい》のお命を狙ったのか」

「自分が皇帝になるためではないでしょうか」

「だとしても、選択の儀で自分が選ばれる可能性は八分の一だ。首尾よく俺を儀式から外せたとしても七分の一。そんな低い確率にかけてこんなに危ない橋を渡るだろうか」

確かに、そう言われればその通りかも。

「もしかすると、トルガンは選択の儀について何か情報を掴《つか》んでいるのかもしれん」

そう言うと、カイは考えに沈むように視線を足元に落とした。カーテンから漏れる朝日がカイの長い睫《まつ》毛《げ》を宝石のようにきらめかせた。

「ルチェラが橋に辿《たど》り着く前の記憶はまだ思い出せないのか」

「はい、そこまでは」

「そうか……」

「でも、私が石橋の崩落時に橋にいたことは確かだと思います！　私は皇后様に証言できます。橋が落ちたのは事故ではないと。カイ様は誰かに陥れられているのだと」

ベッドが軋《きし》みをあげるほど勢い込んでみたけれど、カイは何も言わなかった。我亡くしの証言に信憑《しんぴょう》性が認められるはずがない、そんな意を含んだような沈黙だった。

「……すみません、カイ様。私、何のお役にも立てなくて」

悔しい。やはり証拠だ。カイの無実を証明するにはぐうの音も出ない動かぬ証拠がいる。

「二度言わせるな。気にするなと言っている」

「はい……」

そう答えたものの、俯《うつむ》く顔を上げることはできなかった。

なぜあの時、私はトルガン兵を挑発するようなことを口走ってしまったのだろう。ジオを抱いてさっさと逃げればよかったものを。そのせいでカイは爆破を止められず、トルガン兵にも不要の怪我人《けがにん》が発生してしまった。全部私のせいだ……。

「どうした、ルチェラ。いつもは起き抜けから騒がしいお前が、今日は随分大人しいじゃないか」

そんな私の顔を覗《のぞ》き込み、カイがからかうように眉を上げる。

「私は修道女です。大人しいのは常の性です」

そう、まだ実感はないけれど、私はやっぱりシスターニーナだった。悪魔に取り憑《つ》かれ、監禁された金色の眼《め》の魔女。

「専売特許の歯ぎしりも、今日は静かなものだったしな」

「そ、そんなもの売りにした覚えはありません！」

「ほう、早速調子が戻ったな」

「そ、そ、そんなに歯ぎしりが気になるのでしたら、石でもなんでも口に詰め込んだらいいじゃないですか！」

「いい考えだが強度が不安だ。鉄にしよう、鉄の噛《か》み型だ。ルチェラの名前と蛙《かえる》の紋章も彫り込んでやるぞ。これは傑作だ」

何笑《わろ》とんねんっっ！

「さて、朝食の時間だ。一緒に来い」

私の反応に満足したのか、カイはニヤリと笑い跳ねるようにして椅子から立ち上がった。

「あ、待ってください　カイ様……」

しかし、私はその後に続けない。

「どうした。早く来い」

「あ、あの、朝食は……もう少し時間をいただけないでしょうか？」

「時間だと？」

不審げなカイの視線から逃れるように顔を背ける。姿見に映った私の目は、まだ金色に光ったままだった。カイはそんな私の顔と鏡を交互に眺め、

「わかった、朝食はもう少し後にしよう」

さっきはどれだけ嘆願しても聞いてもらえなかったお願いを、あっさりと了承して踵《きびす》を返した。

「ニコラ、今なんと言った」

定例の朝食会議、珍しくカイがニコラの報告を遮った。

「来年の税収予定、本当に今の数字で合っているのか？」

「ああっと……申し訳ございません。正しくは……」

書類に指を当てながらニコラが謝罪と訂正を口にする。

珍しいな。いつもはどんな仕事でも完璧にこなすニコラなのに、今日のミスはこれで三度目だ。体調でも悪いのだろうか。見れば朝食もほとんど手を付けていない。まあ、食欲に関しては今日も果物しか食べられなかった私が言えたことではないのだけれど。

「皇后様から選択の儀について続報はあったか？」

「まだ、ありません」

「直前まで情報は明かさん気か」

「……何しろほとんど前例のない事態ですから。色々と混乱があるのかもしれません。変に王家をつつくより今は静観するのが得策かと」

「…………」

カイは何も答えずに一息でお茶を飲み干した。

「まあいい。時間があるならこっちはせいぜい動かせてもらう。ルチェラ、今日もすぐに出かけるぞ」

「カイ様」

はい、と私が答える前にニコラが割り込んできた。

「差し出がましいようですが、昨日あんなことがあったばかりですし、今日のお出かけは控えられた方がよろしいかと」

「馬鹿を言うな。控えていられる時間などあるか」

「であれば、供の数を増やされてはいかがでしょう。兵ならいつでも動く準備はできております」

「だめだ。公になっていないとは言え、俺は今聖皇帝殺しの嫌疑がかかっている。そんな時に兵を動かせばいらぬ憶測を呼ぶだけだ。ニコラ、お前がいればいい」

「ですが」

「ニコラ」

「……はい」

「差し出がましい」

「……申し訳ございません」

おー。こわー。

決して声を荒らげたわけではなかったけれど、食堂の空気が微《かす》かに震えた気がした。

優秀なラグフォルツ家執事の謝罪はこれで四度目。チラリと顔を盗み見ると、ニコラは苦しそうに奥歯を噛みながら俯いた。やっぱり、今日のニコラはどこかおかしい。

「あ、あの、今日はどこへ出かけるのでしょう？」

沈黙に耐え切れずロを開いた。カイは皿から目を上げず答える。

「まだ明かせんが基本的な眼目は変わらん。ルチェラ、お前の記憶のルーツを辿る。そして、あわよくば選択の儀の詳細を探る」

「私のルーツと選択の儀の詳細、ですか」

その二つにいったいどんな関係が？

「直《じき》にわかる。いいから早く食べて服を着替えろ」

そう言うと、カイは私のお気に入りの果物を一粒手に取り口の中に放り込んだ。

「えーっと、着替えましたけど……今日の格好はこれで合っているのでしょうか？」

公爵邸の裏口で、薄汚れた野良着を摘まみながら御者席のニコラに尋ねた。

「はい、ご指示の通りです。よくお似合いですよ」

「はあ、ありがとうございます」

で、いいのだろうか。同じく野良着姿のニコラを横目に見つつ荷馬車に乗り込む。荷台に積まれているのは鍬《くわ》や鎌などの農耕具といくつかのズダ袋、引いているのはいつもの馬車馬でなく農耕馬。傍目《はため》には農家の兄妹《きょうだい》にしか見えないことだろう。気楽で何よりだが一昨日昨日のドレス姿とはえらい違いだ。

「カイ様は所用を片付けてすぐにいらっしゃいます。少々お待ち下さい」

長い金髪を麦わら帽子に入れ込みながらニコラは言った。

「あの、今日はどこへ向かうんでしょう？」

「それは閣下に直接お尋ね下さい」

「……はい」

「…………」

「あの」

「はい」

「……い、いいお天気ですね」

「そうですね」

「…………」

気まずっ。空気が硬い。やっぱり、今日のニコラは少し変だ。声も仕草もどこかしら重たげで、見る者全ての心を温めるような笑顔も今日は一度も見ていない。

「あの、ニコラさん」

「はい」

「……ごめんなさい。嫌ですよね、こんな気持ちの悪い目の女と一緒にいるなんて」

私のせいだろう。それ以外にありえない。思えば昨日、私の金色の眼を見て以来カイもニコラも一度もその話題を口にしていない。触れないことが、せめてもの気遣いなのだろう。

でも。

『ルチェラさん……その目は』

そう言ったニコラの表情を、私は忘れることができない。あの瞬間からニコラの笑顔が消えた。私の目がニコラから笑顔を奪ったのだ。

だから――。

「謝らないでください」

「え……？」

「あなたが謝ることなんて一つもないんです」

そう言うニコラの目は今にも崩れそうなほどの感情が溢《あふ》れていた。

「謝らなくてはならないのは、私達の方です。あなたを利用してばかりで……」

「そんな、利用だなんて！　私はいつもニコラさんにはよくしてもらっています」

「違うんです、ルチェラさん」

「違いません！」

勢い込んで言葉を遮ろうとしたニコラを、それ以上の気迫で押し返す。

「ニコラさんにはずっと、私が目覚めてからずっと、すごく親切にしてもらっています。あなたのおかげで私はどれだけ救われたか」

「ルチェラさん……」

「ニコラさんだけじゃありません。メイドさん達やコックさん達や、お医者様も親切で。あとそれからカイ様も……カイ様も……カイ様か。カ、イ、様、は――……あー、うん、そうですね……はい、カイ様も親切です」

「随分と苦渋の決断のようですが」

「……そんなことはありません」

「無理が顔に出ていますよ」

ニコラが困ったように笑みを浮かべた。たとえ苦笑いであったとしても、一日ぶりに見るニコラの笑顔が嬉《うれ》しかった。

「まったくあなたは、不思議な人だ」

そんな自分に気付いたのだろうか。ニコラは根負けしたように息を吐いた。

「あなたと向き合っていると真剣な顔が維持できません」

「えーっと、それはどういう意味で……」

「褒めて差し上げているつもりです。さすが、閣下のお気に入りなだけあります」

「お気に入り？　私がですか？」

そんなバカな。やっぱり、今日のニコラは変だ。今日一番の変が出た。

「長年、閣下のお傍《そば》にいた私が言うのですから間違いありませんよ」

「いーえ、間違いです。だって、いつも虐《いじ》められています。嫌なことばっかりされています」

「だから、お気に入りなんですよ」

クスクスと笑みを漏らしながらニコラは言う。

「そんな気に入られ方がありますか！　絶対にありえません！」

「……そうだったらどんなにいいか」

私がいきり立って反論すると、不意にニコラの顔から笑みが引っ込んだ。

「もし、本当にあなたが閣下のお気に入りでないのなら……」

そして、急に真剣な眼差《まなざ》しで私を見つめ、

「あなたが閣下のものでないのなら……」

「ニコラさん？」

「今頃、ベーったりツバをつけておくところだったんですけどねー」

舐《な》めるふりをした人差し指を私の頬にぐりぐりと押し付けた。

「ちょ、ちょっと、何をしてるんですか！」

「あーあ、本当に残念です」

「か、からかってますね？　修道女をからかうと天罰が下りますよ」

「であれば、私は安泰ですね。嘘偽《うそ》りは一切ありませんから」

ああ、からかってる！　やっぱりからかってる！

「神様、天罰を大至急！」

「何を騒いでいる」

「でたあああ！」

神様をお呼びしたはずなのに、真逆の暴風公爵がやってきた。

「やかましい、大きな声を出すな。市井に紛れるための変装なんだぞ」

であるなら、すでに目論見《もくろみ》は失敗していると思われます。ご自分の姿をご覧になってください。どこの村にこんな気品に溢れた農夫がいるのですか。

遅れてやってきたカイも一応野良着を纏《まと》ってはいるものの、どうにもこうにも育ちの良さが隠し切れない。袖口からも襟首からも、これでもかとばかりに上流階級のオーラが漏れ出している。

「出せ、ニコラ」

カイは荷馬車に乗り込むと、しっかりと前を見据えて命令を発した。だからいませんから、そんな綺麗《きれい》な姿勢で颯爽《さっそう》と荷馬車に乗る農夫なんて。

「どうした、ルチェラ。また人のことをジロジロと。ボロを着ても隠し切れない気品に恐れ入っているのか？」

そうですよ。悔しいけれど今回ばかりは認めざるを得ない。

「お前の方は随分と野良着に馴染《なじ》んでいるな。まるでその姿で畑から生まれてきたかのようだ」

お黙りください。もしくは、舌をお噛《か》みください。

「それでは出発しますよ。転げ落ちないでくださいね」

またクスクスと笑いながらニコラは馬に鞭《むち》を入れた。

やっぱり、私をからかっていたのか。くそう、主《あるじ》が主なら従者も従者だ。

こんな扱いの私が、公爵様のお気に入りであるはずがない。

ガラガラと荷馬車に揺られながら道を行く。

一日経《た》っても市中は聖皇帝アディマ様崩御の噂で持ち切りだった。後継はどうなるのか、この国の将来はどうなるのか、誰もが不安に顔を曇らせている。

世が乱れれば必要になるのは神の救いだ。笛吹僧《ふえふきそう》の笛の音は街角や広場、街道、農道と至る所で人を集めていた。

「あいつら、随分と数が増えたな……」

はい、それもダメですよ、公爵閣下。天羽教《あまはね》の笛吹僧を睨《にら》み付ける農夫なんていませんから。正しい信徒の姿を示すようにすれ違う笛吹僧に手を合わせて見せるけれど、カイに真似《まね》るつもりはさらさらないらしい。どうにもこうにもカイは変装に向いていない。

「起きろ、ルチェラ。もうすぐ着くぞ」

「……あ、はい」

昨晩の睡眠不足がきいたのだろうか、心地よい車輪の揺れに誘われていつの間にか眠りに落ちていたらしい。

目を開けると荷馬車は小さな農村に続く山道を登っていた。顔を上げれば、村を貫く通りに沿ってぽつぽつと小さな家が斜面にしがみつくように建っているのが見える。それ以外に目に入るのは山と林と畑と草原、フィンクグラブのどこにでもあるような典型的な山村だった。

「ここが今日の目的地ですか」

私のもう一つのルーツ。私の記憶を呼び覚ます鍵が眠る場所。

「……思っていたより、牧歌的なところなんですね」

「いや、ここはただ通り過ぎるだけだ」

ああ、損をした。気合を入れて損をした。

カイはぶっきらぼうに答えると、そのままニコラに前進を命じる。どうやら初めて訪れる場所ではなさそうだ、すれ違う村人から頻繁に声をかけられていた。

「おう。今日も来たか、百人力の兄ちゃん。精が出るね」

「収穫時だからな。休んでられんよ」

「百人力の兄ちゃん！　この前はありがとうな」

「お安い御用だ。また何かあったら言ってきな」

「あ、百人力の兄ちゃんじゃないの。ちょっと、待って。これ持ってきな」

「いいのか、婆《ばあ》さん？　ありがとう、また畑を手伝うよ」

……随分、人気者なんですね。

老若男女を問わず、カイの姿を見た村人は例外なく笑顔で話しかけてくる。中にはわざわざ家に引き返してお裾分けの野菜を運んでくるお婆さんまでいるほどだ。

てゆーか、皆さん、よく物怖《ものお》じしませんね。ここまでダダ漏れしている上流オーラに気付かないのですか。どう見てもただの農夫のわけがないのに。あと、どうでもいいことですけど……。

「百人力の兄ちゃんって、どういうことですか？」

「今は、それはどうでもいい」

村を通り過ぎた荷馬車は林道に入る。

林はすぐに途切れ、広々とした畑の連なりが現れた。山の斜面にこれほど大きな畑があるなんて。開墾には随分苦労があったことだろう。荷馬車が止まったのは道の行き止まり、一番小ぶりな畑の前だった。

「さあ、着いたぞ。降りろ」

そう言って、カイはひらりと荷台から飛び降りる。

どうやらこの畑が正真正銘、本日の目的地らしい。何の畑だろう。盛り土に沿って私の背丈程の草がずらりと並んでいる。

「ここが私のルーツ……ですか？」

まさかと思いますが、カイ様は本当に私が畑から生まれたとお思いですか？

不安な思いで辺りを見回していると、カイはスタスタと畑の前まで進み出て両手でメガホンを作り、大声を上げた。

「爺《じい》さん、来たぞ！」

呼び声に反応してわさわさと草が揺れる音がする。

「おお、来たか。ちょうどええ時に来たわ。こっち来い」

「ん？　どこだ、爺さん」

「ここや、ここ」

背の高い草を割り、よく日焼けをした小柄な老人が畑の中から現れた。

年齢はいくつほどなのだろう。皺《しわ》の深さからみるにかなりの高齢なようだが、腰は曲がっていないし足取りも確かだ。老人は所在を示すとすぐに踵《きびす》を返し、手招きをしながら畑に戻った。

「ちょうど新しいのが取り頃や。お前も手伝え」

訛《なま》りから察するに異国からの移住者だろうか。知らぬこととは言え、公爵に向かってすごい口の利き方をする人だな。しかし、カイは意に介した様子もなく、むしろ嬉々《きき》として後に続き畑に消えていった。

私はそんな二人の背中を見送って、農道に立ちすくむ。山燕《やまつばめ》が甲高い鳴き声を上げながら頭上を通り過ぎていった。

……で、私はここで何をしろと？

荷馬車を降りろと命令されたものの、ついて来いとも手伝えとも言われぬまま完全に放置状態だ。

「えーっと、ニコラさん。結局ここはどこなのでしょう？」

「ここはケケナの村です」

なるほど、ケケナの村ですか。

「まあ、山間《やまあい》の小村ですね」

確かに、見るからに山間の小村です。

「さっきのご老人はいったい？」

「さあ、私も会うのは初めてでして」

「そうですか」

「閣下からはケケナの爺さんとしか聞いていません」

「なるほど。見るからにケケナの爺さんですね」

情報が増えているのかいないのか曖昧な会話を続けていると、草をがさつかせながらカイが大股で戻ってきた。

「ルチェラ、ニコラ、見ろ。採れたてだぞ」

何をしているんだ、この人は。

「あ、あの、カイ様。採れたてはいいとして、ここはいったい？　私のルーツって……」

「それは後だ。とにかく食べてみろ。採れたては格別だぞ」

カイが手にした籠には小さくてツヤツヤした赤い実が満載だ。

「あれ、これって、もしかして……」

「ルチェラの主食だ」

やっぱりそうか。目覚めて以来一切食欲のわかない私が唯一口にできた謎の果物。

カイは飛び切り赤くて飛び切り丸い実を一つ摘《つま》み上げ私の手に握らせた。鼻に近付けてみると微《かす》かな青臭さと土臭さに混じってお日様の匂いがする。

「食べれば……よろしいのですか？」

「早く食え、二度言わせるな」

「……いただきます」

仕方なく丸ごと口に放り込んだ。弾力がすごい。歯が押し返される。顎に力を加えるとぷちっと小気味よい音がして果汁が口に溢《あふ》れ出した。

「甘い」

「そうだろう」

満足そうに頷《うなず》いて、カイは自分も一つ口にした。

「なにこれ、いつも食べてるやつより全然甘い。これ本当に同じ果物なんですか？」

「同じ種類だが育て方が違う。あとこれは果物ではない。ライチェという野菜だ。南方ではトマートと呼ばれている」

「トマート……野菜なんですか？　この甘さで？」

「気に入ったのなら明日からはこっちを食卓に載せるようにしよう」

「もしかして、私が毎日食べているライチェって……」

「そうだ。ここの畑で採れたものだ。俺が手ずから耕した畑だぞ。光栄に思えよ」

「え、この畑ってカイ様が耕したんですか」

「ここだけじゃない。周り全部だ」

「は？」

背後に広がる広大な畑を振り返った。

……これを、全部？

「嘘《うそ》やないで嬢ちゃん」

パイプをくゆらせながら老人が畑から戻ってきた。

「この若僧がな、わしんとこに畑の作り方教えてくれて言うてきたんは何年前やったかな。ちょこちょこっと教えたら、そっからこいつ全部一人でここらの畑を耕しきったんや。何年も何っ年もかけてのう」

そんなバカな、いくらなんでも……いや、あり得るかもしれない。一振りで兵士数人を薙《な》ぎ払ったり、着衣のまま川を泳ぎ切る暴風公爵の超人的な体力ならば。

「で、ついたあだ名が百人力の兄ちゃんや」

「な、なるほど」

百人で足りますかね、その力。私は空恐ろしい気持ちでライチェを頬張るカイの顔を見上げるのだった。

「さあ、新しいライチェはまだまだあるぞ。どんどん食え」

畑の横の草地に四人輪になって腰を下ろす。真ん中に置かれた籠にはまだまだライチェが満載だ。

「まずこれを食え、ルチェラ。さっきのやつよりもっと甘いはずだ。次はこれだ。甘さは一個目と二個目の間くらい。そして、こっちのは甘さは一個目と同じくらいだが香りが強い」

「はい、いただきます」

あ、すごい。全然わからない。でも全部甘い。

「全部美味《おい》しいです」

「……本当に違いがわかっているのか？」

「全部美味しいです！」

「わかった、もういい」

「おお、いい食いっぷりやな、嬢ちゃん」

顔をしかめるカイと対照的に、お爺さんはうまそうに煙草《たばこ》をふかして笑った。

「はい、美味しいです、とても。でも、不思議です。こんなに美味しいのに、どうして今まで食卓に上ってこなかったんでしょう。私ライチェなんて野菜、今日初めて聞きました」

「そらまあな、禁止されとるからな」

ことをなげにお爺さんはそう言った。

「禁止って、誰に？」

「教会だ」

顰《しか》めた顔をさらに曇らせてカイは吐き捨てる。

「こんなに美味《うま》くて栄養価の高いライチェを魔女の実などと抜かして食の禁止を命じおって」

「え、それってまさか……」

さーと血の気が引くのが自覚できた。

「何て物を食べさせるんですか！」

草を蹴って駆け出した。無我夢中で茂みに飛び込み、口の中に人差し指を突っ込む。大変だ、出さないと。全部吐き出さないと。

「こら、吐くな。もったいない」

その指を、追いかけてきたカイが引き抜いた。

「邪魔しないでください！」

「落ち着け」

「落ち着いてられますか！　だってこれ、ベラドンナでしょう！」

天羽教会が摂食を禁止する食べ物は一つしかない。食べれば幻覚・発熱・精神異常を引き起こし、最終的にその身を狼男《おおかみおとこ》に変容させるという悪夢のような果実、ベラドンナ。

通称は魔女の実――。

「違う、これはベラドンナじゃない」

「でも！　でも！　さっき言ったじゃないですか、教会に食を禁止されてるって。そう言えば見た目も伝え聞くベラドンナにそっくりです」

「まったく。余計な記憶だけ残っているな、お前は。確かに似てはいる。ライチェはベラドンナと同種の植物だからな。しかし、性質は全く違うしライチェに毒性はない。何も知らない教会がよく調べもせず見た目だけで一緒くたに禁止しているだけだ」

「でもでも！　何だか歯が尖《とが》ってきているような気がします。牙が生えそうです」

口を開いてウズウズとうずく犬歯を指し示す。

「もちろん！　狼男になるなんていうわけのわからん効果は本家のベラドンナにだってない……気のせいだ、バカ」

「ほ、本当ですね？　本当に毒はないんですね？　ベラドンナなのに」

「だから、ベラドンナじゃないと言ってるだろう。それに、毒があれば俺もお前もとっくに狼男になっているわ」

「た、確かに」

私は目覚めてこの方ベラドンナ、いやライチェしか口にしていない。天羽教の教えの通りなら今頃とっくに狼男に成り果てているはずだ。だからといって、修道女に何でものを食べさせるんだ、この暴風公爵は。

「全ては無知な人間がわけもわからず取り決めた迷信なんだ。なのに、勝手に毒物扱いされて忌避されて、ライチェが可哀想《かわいそう》だ」

可哀想……意外なお言葉を。

「なんだ、その顔は。ライチェは完璧な野菜なんだぞ。栄養価が高く味もいい。これが領民の口に入れば今よりずっと健やかに暮らせるはずだ。それだけじゃない、ライチェの栽培を本格化できれば土地が肥沃とは言えないフィンクグラブの農業に新たな柱ができる。領民の財布も潤う。つまり、ライチェにはフィンクグラブの生活を変える可能性があるということだ。それを正当な理由もなく遠ざけるなどあってはならない。俺が皇帝になったら必ずライチェの禁止を撤廃してやる」

「できますか、そんなこと？」

「できる。現にアディマ様はライチェの栽培に興味を示してくださっていた」

「聖皇帝がですか？」

「そうだ。この畑をご覧になったこともあるんだぞ。アディマ様はそういうお方だ。聡明《そうめい》で、知らないものを知ろうとする勇気があった」

「……そうですか」

珍しい。カイがニコラ以外の人間を褒めるなんて。

「迷信の大半は無知がもたらすものだ。知識さえ与えれば蒙《もう》は啓《ひら》ける。だから安心しろ、ルチェラ」

え、私？　なんで私が入ってきましたか？

「魔女だって迷信だ。そんなものはいない」

「え……？」

カイは手に持っていたベラドンナ、いやライチェを口に放り込むと、

「美味い！」

心に沁《し》みるような笑顔でそう言った。ジオに橋をカッコいいと褒められた時に見せた笑顔。私の心に住み着いて一歩も動こうとしない笑顔。

「……カイ様」

「どうした？」

「私にももう一つライチェをいただけませんか？」

「おお、食うか」

「はい、食います！」

カイは満足そうに頷くと、生命力の塊のような赤い実を一つ差し出した。手に取ると指先からも滋養が沁みてくるようだった。

神様、ごめんなさい。言いつけを破る不良修道女をお許しください。でも、カイ様の顔を見ていたら、フィンクグラブの領民のことを笑顔で語る暴風公爵を見ていたら、私も何か手伝えることがないかと思ってしまいました。

非力で無知な私には畑仕事は手伝えません。だから、

「美味しいです、とっても」

せめて、この言葉を伝えることで少しでも力になれれば。背中を押す一手になれれば。

「そうだろう、もっと食え」

この笑顔を作り出す原動力のほんの一助になれるなら。私はどんな罰でも喜んで受け入れる覚悟でございます。

「ごめんなさい、カイ様。私、誤解していました。ライチェに毒はありません。そして、わかりました。どうしてここへ連れてこられたのか。ライチェをいっぱい食べて、元気になって、それで記憶を取り戻せということですね！」

「いや、全然違う」

違ったー、恥ずかしっ。

「ライチェはついでだ。ちょうどいいな、このまま行くか」

「え、あ、はあ……」

「ついて来い」

そう言うと、カイはニコラにお爺《じい》さんの手伝いを命じ、自分はそのまま茂みの奥の木立へと足を踏み入れて行った。

その背中にただならぬ気配を感じて足を踏み出せずにいると、

「ルチェラさん。閣下から離れないでください。決して」

畑に留《とど》まったニコラから、真剣な顔でそう警告された。


「これは……なんですか？」

木立の先にあったのは苔《こけ》むし崩れかけた、小さな祠《ほこら》だった。かなり古いものらしい。正確な年代は量るべくもないが、百年二百年の荒れ方ではないように見える。

「畑仕事の最中に偶然見つけた。これを見て何か思うことはあるか？」

「思うこと……」

二歩三歩と近付いてみる。手を伸ばそうとしてひっこめた。触れればその瞬間に崩れ落ちそうだったから。積まれた石の間から青草がぴょんぴょんと伸びていた。わざわざ連れてきたということは、これが私のルーツに関わるものなのだろうか。であれば、特別記憶を刺激するものは感じない。

「じゃあ、これはどうだ？」

カイは祠の背後に回り込んだ。私も後に続く。

「レリーフですか」

祠の背面には人の背丈程の大きさのレリーフが彫り込まれていた。文字はもう読めないが、図柄だけは辛《かろ》うじて理解できる。真ん中に立つ一人の女とその周囲に跪《ひざまず》く八人の男。彼らの頭上にはもう一人の男が、まるで天に召されるかのように寝転んで浮かんでいた。

「葬儀の絵でしょうか？」

「そうだろうな。注目するところはここだ」

そう言って、カイは中央に立つ女の顔を指差した。いや、正確には顔ではなく……眼《め》？

「周りの男達の目にはちゃんと瞳が彫り込まれている。だが、この女の眼だけは瞳がない」

「……はい」

確かに、女の眼には瞳が彫られていない。ただ、顔の中に楕円《だえん》形が二つあるだけだ。

「俺は初めてこのレリーフを見た時、この女は盲目なのだろうと思っていた。だが、ルチエラ。お前と出会って考えを変えた。この女の眼は光っているのではないだろうか」

「光って……？」

「そして、周りを囲む八人の男。この八という数字に意味があるとしたら」

八公爵。そして天に召される男。

「選択の儀ですか」

「そうだ。恐らくこれは七百年前の選択の儀を描いている。だとしたら、その時代にもルチェラと同じ光る眼を持つ女がいたことになる」

金色の眼の女が七百年前にも？

「もちろんこれは全て推量だ。何の根拠もない。だが俺にはこのレリーフとルチェラが無関係であるとは思えない。何か感じるところはないか？」

「…………」

「ルチェラ？」

「少し、一人にしていただけませんか？」

「しかし……」

「お願いします。ほんの少しでいいんです」

何かを思い出せそうな気がする。もう少し、あと少しで。

「お願い……します」

「わかった。何かあったら今度こそすぐに俺を呼べ」

カイの姿が木立に消えるまで待ってから、改めて祠を眺めてみた。

長大な時間の連なりをひび割れの一筋一筋に、苔の一葉一葉に溜《た》め込んだ小さな祠。こんな昔にも魔女と呼ばれる女がいたのか。しかも、その魔女に八公爵が跪いている。これはいったい……。

「もし、あなたはシスターニーナではありませんか？」

「え？」

突然の声に振り返ると、背の高い一人の僧侶が立っていた。

いつからそこにいたのだろう。だぶだぶの黒い法衣《ほうえ》を腰紐《こしひも》で縛り、頭にはカラフルな帽子、手には横笛。一見してわかる典型的な天羽教の笛吹僧のスタイルだ。

だからこそ、おかしい。どうして笛吹僧がこんな林の中に？

「やっぱり、シスターニーナだ。よかった、こんなところにいたのですね。心配しましたよ」

柔和な笑顔を浮かべながら笛吹僧はずかずかと距離を詰めてくる。

「あ、あの、あなたは？」

その分だけ後ろに下がりながら私は尋ねた。

「私をお忘れですか？　そうか、もしや事故で記憶が」

「はい……」

「おお、なんということだ。神様」

大仰な仕草で手を合わせ、笛吹僧は天を仰ぐ。

「大変な苦労をされたのでしょう。でも、もう大丈夫です。さあ、帰りましょう」

「帰るって、どこに？」

「もちろん、ウォーカイルの修道院です」

そう言って、僧はこちらに手を伸ばす。

「修道院……ですか？」

「はい」

「帰っていいのですか、私が？」

「もちろんです。皆あなたを待っていますよ」

皆が私を待っている？

「……懲罰房に閉じ込めたのに？」

「ああ、やっぱり思い出してるのか」

途端に、僧の顔から表情が消えた。伸ばした手を引っ込めて笛を握る。真ん中から二つに割れて中から刃が閃《ひらめ》いた。仕込み刀。

「声を出せば殺す。大人しくついて来なさ――っ」

――ガチッ。

脅しの言葉を言い終える前に、笛吹僧の兇刃《きょうじん》は飛来した何かに弾《はじ》かれた。

「さがれ、ルチェラ」

そして、野良着姿の公爵が風のように私の前に割って入る。

「カイ様、この僧が！」

「わかっている。そこで見ていた」

え、見てたの？　一人にするお願いは？

「暴風公爵ですか。見たところ丸腰のようですね」

笛吹僧の言葉を合図にするように、木立の隙間からぞろぞろと仲間が姿を現した。十人はいるだろうか。全員がすでに刃を抜いていた。

「あなたの強さは知っていますが、この人数は捌《さば》けますまい。破戒を重ねた魂にせめてもの救いを――ぐぅっ」

数に頼むならすぐにでも切りかかるべきだった。暴風公爵は僧侶の説教など待ちはしないのだから。

喋《しゃべ》り終わる前にその口を蹴りで塞《せ》き、動揺に乗じて二人目と三人目を拳で倒した。四人目と五人目はまた足だ。六人目、七人目に至ってはどう倒したのかすら私の目では追いきれなかった。

ようやく動揺から抜け出して切りかかったのは八人目、カイは屈《かが》んで何かを地面から拾い上げ、その刃を受け止めた。あれは、なんだろう。最初の私への一撃を投げて防いだ薄い金属の板、U字形に曲げられている。

「冗談で作ったものだが存外役に立ったな。ルチェラの歯ぎしり対策の……鉄噛《か》み型」

本当に作ったんですか、あれ！　仕事が早過ぎやしませんか！

叫ぶ間に八人目と九人目も地面に崩れる。あっという間に残ったのは最後の一人。

「なぜ、ルチェラを、いや、シスターニーナを攫《さら》おうとした？」

その一人に向かってカイが問う。

「教会からどんな命令を受けた？」

もちろん、答えなど返ってくるはずもなく、僧侶は素早く撤退を決め木立に飛び込んだ。

「退《ひ》け！」

カイもすかさず後を追う。

しかし、

「なんだ、この匂いは」

追尾の足は最初の一歩で踏み止《とど》まった。

焦げ臭い匂いが漂って来たのは、その直後だった。見れば周囲の至る所から黒煙が上がっている。

「カイ様」

カイが私の手を取って走り出した。引かれるままに無我夢中でついていく。ライチェの畑に近付くほどに焦げる匂いはきつくなり、風に火の粉が交じり始めた。

「ニコラ！　爺さん！」

「閣下、逃げてください！」

木立を抜けて愕然《がくぜん》とした。

ライチェの畑が燃えている。真っ赤な実と同じ色の炎が畑全体を覆っている。いや、ライチェだけじゃない。そこかしこの畑から轟々《ごうごう》と炎が噴き出していた。

まるで地獄だった。なんだ、これは。いつの間に？　なんでこんなことに？

風が火の粉を巻き上げた。炎が一気に膨らんでまだ植えたばかりのライチェの苗木を呑《の》み込んでいく。

「だめ！」

「行くな、ルチェラ」

飛び出そうとした体をカイに抱き留められた。

「離してください、火を消さないと！」

「すでに林に火が移っている、逃げるしかない」

「でも、ライチェが！」

「戻るぞ、ルチェラ」

「ニコラ、爺《じい》さんを連れて行け！　荷馬車は捨て置け。林道は使うな。林の中を抜けろ」

そう命じると、カイは私の体を担ぎ上げて林間に飛び込んだ。

「カイ様、下ろしてください！」

「だめだ。今は逃げる」

「でも！」

「逃げるんだ！」

「……わかりました。私も自分の足で走ります」

私がそう言うと、カイは黙って手を離してくれた。地に足をつけ、必死にカイを追いかける。引き返したかったけれど、引き返して火を消しに行きたかったけれど、私にはそれができなかった。

「ニコラ、そっちじゃない！　西から逃げろ、林から出るな！」

カイが逃げろと言っているから。本当は誰よりも、一番引き返したいはずのカイが逃げろと言っているから。私なんかが戻りたいなんて言っていいはずがない。

炎はどんどん強くなる。バチバチと草木の弾ける音が、悲鳴のように背後からずっと追いかけてきていた。

「ここまで来たらいいだろう。ここからは静かに行こう」

先頭を走るカイがスピードを緩めた。後に続く私達も歩幅を縮めて息を整える。

「それにしてもなんや、あの火事は。気ぃ付いたらそこら中で火が上がっとったわ。わしか？　わしの煙草《たばこ》が原因か？」

「いや、そんなちゃちな火種じゃないさ」

じゃあ、いったい何が原因だったのだろう。カイの言葉はただ単にお爺さんに気を遣って出てきたのか、それとも他の出火原因に心当たりがあるのか。

「……あ」

そう思った瞬間、見えてしまった。

木立の隙間から、原因が。

同時に、カイがなぜ林道ではなく林の中を逃げろといったのかも理解した。

道いっぱいに屯《たむろ》していたのは、行きしなに挨拶を交わしたケナ村の村人達。

一番に声をかけてくれた人もいる。手を振りながら感謝を伝えてきた人もいる、野菜をわけてくれたお婆《ばあ》さんもいる。

全員が全員、その手に火のついた松明《たいまつ》や油壷《あぶらつぼ》を持って立ち上る黒煙を眺めていた。

『よく燃えてるね。大丈夫なの？』

『心配すんな、村までは届かねえよ』

『しかし、あの兄ちゃん。只《ただ》もんじゃねえとは思ってたけど、まさか暴風公爵だったとはな』

『おまけにベラドンナなんて作りやがってよ。やっぱりただの破戒貴族だったか』

『ほんと、笛吹僧に教えられるまでちっとも気付かなかったわよ』

『でも、大丈夫かのう。公爵の畑燃やしちまって』

『気にすることぁねえさ。笛吹僧がやれって言ったんだ。いざとなりゃ教会がついてる』

『それにあの家は皇帝殺しの疑いまでかけられてんだ。ラグフォルツ家はもう終わりだよ』

何、これ。

嘘《うそ》でしょ、なんで？　火を放ったのはケケナの人達？

そんな、なんで……ああ、神様。

眩暈《めまい》がした。膝が崩れそうになった。その肩をそっと誰かが支えてくれた。

大きな手、強くて優しい手。

「カイ様……」

唇に立てた人差し指をあてがったカイは、「何も喋るな」と身振りで示してそのままゆっくりと林の斜面を下りていった。

夕日が街道を赤く照らしていた。

家路を急ぐ農夫や商人達に交じって、お爺さんは大きなリュックを背中に背負う。

「よし、ほなもう行くわ。兄ちゃんらも達者でな」

「すまんな、爺さん。荷馬車を譲ってもらって」

「おお、気にすんな。後で兄ちゃんらの残していった荷馬車な、あれ回収しとくから交換や」

「これからどうするんだ？」

「まあ、わからんけど。そろそろ国に帰るかな。大手を振ってライチェを育てられるとこでまた頑張るわ」

「……この国でも必ず育てられるようにする、きっとだ」

「おう、楽しみにしとるわ。頑張れや、暴風公爵。いや、新皇帝様か？」

笑い声を夕焼け空に放ちながら、お爺さんは歩き出した。結局最後まで名前も教えてもらえなかった。

「では、私達も行きましょうか」

ニコラが馬に合図を送る。

譲り受けた荷馬車は、元の持ち主とは反対方向へ街道を進み始めた。

後ろを見返せば、トボトボと歩くお爺さんの向こう、ケケナの山にまだ黒煙が燻《くすぶ》っているのが見えた。

胸が痛んだ。なるべく煙が目に入らないように夕日に顔を向けながら荷馬車に揺られた。

ライチェのような真っ赤な夕日が、見る見るうちに滲《にじ》んでぼやける。

「ニコラ、屋敷《やしき》に帰ったら溜《た》まっていた書類仕事を終わらせる。まとめて部屋に運んでくれ」

「かしこまりました。お食事はどうされましょう」

「一緒だ、簡単なものを部屋に運べ」

「かしこまりました」

カイとニコラは普段と変わらないやり取りを続けている。私はそんな背中に向かって、

「カイ様」

「どうした？」

「あの……カイ様」

「なんだ？」

だめだ、何も言えない。伝えたい気持ちはたくさん溢《あふ》れてくるのに、どれもこれも言葉にできない。

ライチェが燃やされてしまいました。残念です、悲しいです。村人に裏切られました。悔しいです、悲しいです。カイ様の思いが領民に伝わりません。もどかしいです、悲しいです。

どれもこれも薄っぺらくて、かけてあげる言葉がみつからない。

「ごめんなさい、カイ様」

「どうして、お前が謝るんだ」

私は修道女なのに。神の教えと救いを日々学んでいたはずなのに、あなたにかけてあげる言葉がみつかりません。

「ごめんなさい、ごめんなさい……」

どうしようもなく声が震えた。あなたより先に泣いてしまって、ごめんなさい。

「どうした、ルチェラ。煙で目をやられたか」

誰よりも泣きたいはずのあなたに気を遣わせてしまって、ごめんなさい。どうしてこうなるんだろう。私はただ、あなたを慰めたいだけなのに。笑って欲しかっただけなのに。

「カイ様……」

「だから、なんだ？」

「ライチェが」

「……ああ」

「ライチェが」

「…………」

「ライチェが……か、カッコよかったです！」

「……なんだと？」

カイがこれ以上ないほど怪訝《けげん》そうな顔で振り返った。

「な、なんだ、今のは。どういう意図の発言だ？」

「い、いえ、だから、その、カイ様の作ったライチェ、カッコよかったと思います！　あの、落ちちゃった石橋みたいに！」

「お……おお」

ああ、戸惑っている。カイ様を戸惑わせてしまった。なんで？　なんでジオの時にみたいに笑ってくれないの？

「まあ、なんだ、ライチェのことなら気にするな。あれは俺が悪い」

また気を遣わせちゃってるし！

「あの山は村の物だ。ライチェを育てていることも爺さん以外には秘密にしていた。焼かれても文句は言えんさ」

「で、でも！　それじゃあ、あまりにもカイ様が可哀想《かわいそう》です！」

「可哀想？　俺がか？」

「だ、だって、そうじゃないですか。カイ様はこんなにも領民のことを考えているのに。誰よりも領民の暮らしを案じているのに。こんな良《い》い領主様は他にいないのに。それが全然伝わってなくて、カイ様は全然好かれていなくて、すっごく嫌われてて。私、悔しくて。カイ様が可哀想です！」

「あー……お前は俺を褒めたいのか、貶《けな》したいのか。どっちなんだ」

「褒めたいです！」

語彙の足りなさを情熱で補うつもりで叫んでみたら、

「…………」

「…………」

一瞬の静寂の後にカイとニコラに腹を抱えて笑われた。

「ちょっと！　なんで笑うんですか、私真剣なのに」

「な、なんでって、ルチェラさん」

「わ、笑うだろう、これは」

何笑《わろ》とんねんっ！

いや、待て。いいのか？　笑わせたかったから、これでいいのか？　いやでも、何か違う気がする。私が欲しかったのはこの種の笑顔じゃなかった気がする。

「何というか……とんでもない程の正直者ですね、ルチェラさんは」

「俺もそう思う」

涙を小指でふくニコラに、カイはしみじみと頷《うなず》きを返した。多分、褒められてはいないのだろうと思う。

「とはいえ、やはり俺にも落ち度はあった。俺は今まで自分が正しいと思ったことなら周りの評判など気にする必要はないと思っていたが、どうやら、間違いだったようだ。反省しよう」

「おや、珍しい。閣下が反省なさるとは。使用人仲間によい土産話ができました」

「誰かに喋《しゃべ》ったら即刻首を刎《は》ねてやるからな」

「おお、恐ろしい」

おどけたように肩をすくめてニコラは顔を前に戻した。

「ふん、俺だって二度も成果物を台無しにされればさすがに反省くらいはするさ。領民の評判か……苦手ではあるが気にしてみよう」

カイはそこで言葉を切ると私の顔を真《ま》っ直《す》ぐに見つめ、

「こうやって誰かに真っ直ぐ褒められるのは、存外気分がいいとわかったからな」

笑い声を夕焼け空に放った。

ああ、この笑顔だ。私が欲しかったのは、この笑顔。
私の心を鷲摑《わしづか》みにして燃え上がらせる笑顔。
その熱は素早く両目に伝わった。今まさに瞳が金色に変色しているのが自覚できた。
それでも私は、もう顔を背けない。眼《め》を逸《そ》らさずにカイの笑顔を見つめ続けた。
そして突然、前触れもなく頭の中で映像が弾《はじ》ける。
真っ赤な夕日と真っ赤な果実。美麗の農夫と、心に焼きつく人懐っこい笑顔。
そうだ、私はこの人を知っている。
「どうした、ルチェラ？」
私は、以前にカイに出会ったことがある。

五章　五日目

夢の中で私は西日に顔を顰《しか》めていた。

一人ぼっちで街道の石畳を踏んでいた。

これはいつの頃の私だろう。

ああ、そうだ。市場への買い出しの後だ。

大きな葬儀の準備のためにみんなで市場に買い出しに出かけ、割り当てられた買い物を済まして約束の場所に戻ったら修道院の荷馬車は姿を消していた。

私一人が置いて行かれた。

単に忘れられただけなのか、それとも、魔女と同じ荷馬車に乗りたくなかったのか。

なんにしろ私は、一人で荷物を担いだままウォーカイル大寺院まで歩いて帰らなくてはならなかった。

仲間外れは慣れているし、歩くのだって平気だけど、急がないとポッポ達のエサの時間に間に合わない。それだけが気がかりで、日の傾いた街道を精一杯の早足で歩いていた。

「おい、尼さん。ここから歩いてウォーカイルまで帰るのか？」

不躾《ぶしつけ》に話しかけてきたのは荷馬車に乗った農夫だった。

いや、彼は本当に農夫なのだろうか。こんなに美しい農夫は見たことがない。内から溢れ出るものと、身に着けている薄汚れた野良着の調和がとれていない。

「死にそうな顔をしているぞ、これでも食え」

わざわざ荷馬車を止めてまで手渡されたのは、夕日のように真っ赤な小さな果実だった。

死にそうなほど喉が渇いていた私は、言われるままよく確かめもせずに瑞々《みずみず》しい果実を口に入れた。

「…………」

それは、疲れた足でも飛び上がるほど甘くて、ちょっとだけ酸っぱくて、命の力が溢れていて、

「美味《うま》いだろう？」

農夫の人懐っこい笑顔と共に、私の心に深く刻み込まれた。

目頭が熱くなる。いけない、また目の色が変わる。

顔を伏せ、私はそのまま歩き出した。

足取りは驚くほど軽くなっていた。

「…………」


ラグフォルツ公爵家にやって来て、初めて穏やかに目が覚めた。

外はまだ薄暗い。耳を澄ますと遠くに鳥のさえずりと、近くに人の寝息が聞こえた。

カイは肘掛けに頬杖《ほおづえ》を突きながら器用に椅子で眠っている。寝顔を見たのはこれで二度目か。

「……寝ていると子供みたいな方ですね」

しばしの間、美しい寝顔に目を奪われた。夢でも見ているのだろうか、長い睫毛《まつげ》が微《かす》かに震えている。

――カイ様。

昔から野良着が似合っていなかったのですね。きっとあなたはあの日のことなんて覚えていないのでしょう。

無理もない。たった一度、たった数分だけの出会いだったのだから。

でも、シスターニーナはずっとあなたのことを覚えていましたよ。名も知れない怪しげな農夫のことを、ずっと。

そっと肘掛けに手を触れてみた。

「ありがとうございます、ご馳走様《ちそうさま》でした」

あの日言えなかった言葉を口に出すと、カイはもぞもぞと体を動かし、ずれた肘が私の指先に触れた。


「ウォーカイル修道院の修道院長イッター4世が死んだそうだ」

ラグフォルツ家恒例の朝食会議は、カイの衝撃の一言から始まった。食堂に私の悲鳴と年若いメイドの落とした皿の音が重なる。

「な、亡くなった？　修道院長がですか？　どうして」

「書簡には病死とあるが、額面どおり受け取るわけにはいかんだろうな。情報を整理しよう」

カイは手紙を紙飛行機に変え、食卓に放った。

「イッターは、修道女の反対を押し切ってシスターニーナを懲罰房送りにした張本人だ。その後、シスターニーナは人知れず逃亡を図り、聖皇帝《せいこうてい》の命を奪った石橋崩落事故に巻き込まれ、記憶を失ってこの屋敷《やしき》に流れ着いた」

カイの言葉をなぞるように紙飛行機が私の前に着陸する。

「片や、ルチェラが天羽教《あまはね》の笛吹僧《ふえふきそう》に名指しで攫《さら》われかけたのが、つい昨日。イッターがシスターニーナを取り戻そうと動くのは自然なことだが、問題はどうして居場所が割れたのか。屋敷に忍び込むならまだしも奴らは出先を襲ってきた。どう思う、ニコラ」

「屋敷の周りを見張っていたのでしょう。市街地に不自然に笛吹僧の数が多かったのを記憶しています」

「そうだろうな。つまりそれは……」

「天羽教会とトルガン様が繋《つな》がっていなければ不可能です」

主《あるじ》の先を取るようにニコラは断言した。昨日とは打って変わって今日の執事は冴《さ》えているようだ。でも……。

「どうしました、ルチェラさん？」

「いえ、なんでも」

ニコラの笑顔に昨日までとは違った色が含まれているように見えるのは、私の気のせいなのだろうか。ある種のすがすがしさにも似た、危うさ。

「とにかく、ここに来て天羽教会の存在もきな臭くなってきたな。そして、このタイミングでイッターは急逝した」

なにがしかの含みを持たせて、カイはライチェの実を齧《かじ》った。

「待ってください、カイ様。それじゃあ、もしかして……」

「ルチェラ」

その先は待て、と言うようにカイが人差し指を立てて見せる。私はメイドがお皿を片付けて部屋を出るのを待ってから、

「……イッター様はトルガン様に殺されたと？」

小さな声で言葉を続けた。

「いや、いかに公爵とはいえ一人でそんな大胆なことができるはずがない。トルガンにはもう一つ強力な勢力の後押しがあるのかもしれん。何にしろ、これは国家ぐるみの陰謀と言える規模になってきた」

「そんな……友愛と慈しみを信条とする教会がどうして」

「無論、末端の信者は何も知らされていないはずだ。だが、教会の上層部はきっと何かを知っている。くそっ、つくづくあの笛吹僧を逃がしたのは失敗だった。もう一度ウォーカイル大寺院を当たってみるか」

「それは難しいかと思います」

「なぜだ」

苛立《いらだ》った様子でカイがニコラを睨《にら》み付ける。

「修道院長の喪に服すとのことで、ウォーカイル大寺院を含めた全ての教会が門戸を閉ざしています。たとえ公爵とて今教会の中に入り込むことはかなわないでしょう」

「では、笛吹僧を引っ捕まえろ。街に鬱陶《うっとう》しいほどいるだろう」

「それが、昨晩からすっかり姿を消していまして」

「すべて計算づくということか。忌々しい奴らめ。何かないか。天羽教会の関係者を捕まえる手段が」

「あっ！」

頭の中で何かが弾け、自分でも思っていないほどの大きな声が喉から零《こぼ》れ出した。

「どうした、ルチェラ。何か思い出したか！」

「今日って、何月の何日でしたっけ」

「……お前、日付を聞くためにわざわざ話に割って入って来たのか」

「もしかして、月の初めじゃないですか？　そうですよね？」

「だったらどうだというんだ」

「だったら会えるかもしれません、天羽教の修道士達に」

「なんだと？　なぜだ？　どういうことだ？　どこでだ？」

矢継ぎ早に質問が飛んでくる。私は、テーブルを乗り越えてこんばかりの勢いのカイを見返して、最後の質問にだけ簡潔に答えた。

「市場です！」

ウォーカイル大寺院では要人に死者が出ると四昼夜喪に服すことが通例となっている。その間、修道士や修道女は様々な準備に追われるのだが、中でも難渋するのは物資の確保だ。あれがないこれがないと言いつけられ方々の店を駆けずり回るはめになるので、市の立つ月初めに葬儀が行われると、修道士達はこれ幸いとばかりに集団で買い出しに向かう。つまり人知れず市場に潜伏してこっそりと様子を監視すれば、今日中には必ず修道院の一団を捕まえることができる……という寸法なのだが。

『ぐぅえ、公爵様！　なぜうちの店に？　うちは盗品なんか扱ってないですよ、ええ』
『うわああ、公爵様！　う、う、う、うちの店はルール厳守の優良店ですよ、ええ』
『ひぃぃぃ、公爵様！　な、な、なんですか。税のごまかしなんてしてないですよ』
『ぎぃああ、公爵様！　申し訳ございません、すぐに営業の許可の更新を行います！』

カイが姿を現すと、市場はまるで災害でも起こったかのような混乱にみまわれた。
あの、カイ様。少しは忍んでいただけないでしょうか？　『人知れず』、『こっそりと』、

『潜伏する』ことが目的ですので、歩く度に市場に絶叫を生み出されては困るのですが。

『ぐはぁぁ、公爵様ぁぁ！』

あと、カイ様を見つけた商人が例外なく悲鳴を上げるのはなぜでしょう。

ウォーカイル大寺院の買い出し部隊は、恐らくカイに気を付けるよう十分に言い含められているはずだ。ここまで目立つと早々に逃げられてしまうかもしれない。

「カイ様、一旦隠れましょう」

身バレしまくる暴風公爵の袖を引き、私達は薄暗い路地に駆け込んだ。


「ふう、やっと静かになりましたね」

「すごかったですね。何というか、カイ様はその……大人気で」

「なぜだ、ちゃんと変装しているのに。なぜこれで見抜かれるんだ」

百人力の兄ちゃんでお馴染《なじ》みの野良着の胸元を引っつかみ、引きちぎらんばかりに見せつけるカイ。私もニコラも同じ変装を施しているけれど、なぜだか暴風公爵だけが百発百中で素性を見抜かれてしまう。

「昨年まで閣下自ら市場の区画整理を進めていたせいでしょうか。商人は一度見た顔は忘れないといいますから」

「まったく煩わしい」

カイは布きれを取り出すと口元を覆って頭の後ろで端を縛り、盗賊のように目元だけを露《あら》わにした。

「よし、どうだ。これでもう俺だとわからんだろう」

「あー、うーん。どうでしょう」

「あー、うーん。そうですね」

私とニコラ、二人揃《そろ》って首を傾《かし》げる。すごい、丸わかりだ。目だけになっても貴族のオーラが消えていない。

「閣下。申し上げにくいのですが、まだ十分とは言えません」

「目しか出ていないのにか？」

貴人の目力、恐るべし。

「とはいえ、これ以上もう隠すところがない。まさか目まで覆うわけにもいくまい」

「そうですね、どうしたものでしょうか」

路地裏で公爵と執事が腕を組む。そんな様を見ていたら、

「――あ」

突如として降ってきた会心のアイディアが、私の両手を打ち鳴らさせた。

「カイ様、お化粧をしてもらったらいかがでしょう！」

「今、なんと言った？」

「お化粧です」

「……やっぱり、そう言ったのか」

「そうですよ！　目を隠すわけに行かないのなら、むしろそれを活《い》かすのです。ニコラさんならきっとカイ様を絶世の美女に仕立ててくれるはずです」

「ルチェラ、まさか本気で言ってるんじゃないだろうな」

唯一露出した目で満身の不満を表して見せるカイ。

「もちろん本気です！　向こうもまさかカイ様が女になっているとは思わないはずですから。あ、すごくいい。きっと似合いますよ。ね、ニコラさん、できますよね？」

「……ニコラ」

「――できますけど」

私の期待の眼差《まなざ》しと、公爵の困惑の視線を同時に浴びながら執事は一言、

「ニコラ！」

「決まりです！」

「アホか、やらんわ！　もういい、俺はここで待機している。お前達二人で市場を見張れ！」

そう言うと、カイは布きれを引っぺがして石畳に叩き付けた。

ああ、残念だな。きっと似合ったはずなのに……。

「ここでいいと思います。ここから通りの入口を見張っていましょう」

むくれる公爵を路地裏に残し、私とニコラは一本離れた大通りの隅に陣取った。

フィンクグラブ領の市場はカイが領主を継いでから整備が進み、同種の商店は一本の通りに集約される決まりになっている。

私とニコラが見張ることにしたのは二番通りと呼ばれる油と野菜の通り。最も繁盛する界隈《かいわい》だけあって人の出入りはまるで無軌道な洪水のよう。通りに満ちる喧騒《けんそう》は隣同士で喋《しゃべ》るにも大声が必要なほどだった。

「想像以上の人出ですね。見落とさないように注意して見張りましょう、ルチェラさん」

「そうですね、よっ、ほっ、はっ！　主に油の露店を重点的に見張った方がいいと思います、ほっ、よっ、はっ！　式典には大量の灯火が必要になりますから。彼らは何を措《お》いてもまず油を確保するはずです、ほっ！　はっ！　やぁっ！」

「わかりました、油ですね」

「油です、やぁっ、やぁっ、やぁっ！」

「ところでルチェラさん……さっきから何をやっているのですか？」

「見張りです！」

私はお腹《なか》の底からそう叫び、石畳を蹴って飛び上がった。

群集から頭一つ抜ける高身長のニコラなら何の問題もないだろうが、悔しいかな背の低い私の視界は人波に遮られて一メートルも通らない。

「だから、飛び跳ねながら見張ってます！　やぁっ、やぁっ、やぁっ！」

「あ、あの、ルチェラさん、あまりトリッキーな行動は控えてください。周りの注目を引いてしまいます」

心配そうに周囲に目を配りながら、ニコラはやんわりと私の両肩に手を添えて跳躍を遮ってくる。

「でもでも、こうしないと見張りが」

「監視は私一人で事足りますから。ルチェラさんは周囲に溶け込む努力をしてください。張り込みは何より周りに気付かれないことが肝要なんです」

「な、なるほど。そういうものなのですか」

さすがラグフォルツ家の有能執事。張り込みの作法にまで精通しているとは。

確かに周囲を見渡してみても同じ場所で飛び跳ねている人なんて一人もいない。なんてことだ、これじゃただ徒《いたずら》に草臥《くたび》れただけじゃないか。いや、でも待てよ。周囲に溶け込むというのなら……。

「いいことを思いつきました！　ちょっと待っていてください」

「お願いですからじっとしていてください、ルチェラさん」

「すぐに戻りますので」

手を合わせて懇願するニコラをその場に残して、私は目についた屋台に飛び込むと、

「お待たせしました！」

宣言通りすぐさま帰還し、湯気の立つ焼きトウモロコシを差し出した。

「あ、え？　これは……？」

まるで刃物でも突き出されたかのように、お日様色のトウモロコシを見つめるニコラ。

「そこの屋台で売っていました。熱いうちにどうぞ」

「いや、どうぞではなく。まだ見張りの最中なのですが」

「ええ、だからこそのトウモロコシなのです」

「すみません。仰《おっしゃ》っている意味がちょっと……」

「さっき周りを観察して気付いたんです。市場で何もせずにただ通りを眺めてるって、いかにも不自然だなって。だからこれは群衆に溶け込むお芝居のための小道具です」

「ああ、なるほど。そういう」

ようやく合点《がてん》がいったのかニコラはおずおずとトウモロコシを受け取り、

「……懐かしい」

ん？　今なんて――聞き返そうとしたけれど、私の言葉は酒焼けした大声に遮られた。

「ちょっと、あんた！　お代も置いていかずに何してるんだい！」

振り返ると、トウモロコシ屋台の女将《おかみ》さんがもの凄《すご》い剣幕で立っていた。

「あたしの店で盗みを働くとはいい度胸だね！　二度と男に会えないようなツラにしてやろうか」

「す、すみません！」

しまった。急いでいたからついお勘定を忘れていた。今にもつかみかからんばかりの女将さんだが、

「誠に申し訳ございません、レディ。私の連れ合いが失礼をいたしました」

するりと間に立ってくれるのはニコラ。恥ずかしげもなく女将さんの手を取って数枚のコインを握らせる。

「え、こんなに？」

「迷惑料です」

そして、行き違う婦人が全員振り返るような笑顔を光らせた。

「なにー？　ものすっごい、いい男ー。ちょっとあんた！　本当にこのお方の恋人なの？」

え？　こ、恋人？　なんで？

「なるほどねー。そりゃ周りも見えなくなるわー。あんた、絶対逃がすんじゃないよっ」

「いったい！」

私の二の腕を全力で張り飛ばすと、女将さんは何かに納得したように激しく頷《うなず》きながら
自分の城へと帰っていった。

えーっと、今のって……。

「どうやら、私とルチェラさんを恋人同士と間違えたようですね」

「間違いじゃないでしょ！　完全に誘導してましたよね」

「いえいえ、これは群衆に溶け込むためのお芝居なのですよ」

お芝居？　・

「恋人でもない男女が道端で二人でトウモロコシを食べるなんていかにも不自然じゃないですか。だから、見張りをするなら恋人同士を装わないと、ね？」

え、そうなのですか？　男女ってそういうものなのですか？

「それでは手を。恋人なら手を繋《つな》がないと、ね？」

え、そうなのですか？　恋人ってそういうものなのですか？　私は言われるままに、差し出されたニコラの手を――。

「いや、そんなわけないでしょう！」

あっぶない、握り返すところだった。

「そんなもの兄妹《きょうだい》とか友達とかいくらでもあるじゃないですか」

「ああ、惜しい。騙《だま》せませんでしたか」

「不埒《ふらち》な嘘《うそ》をつかないでください、私は修道女なんですよ」

「閣下の目が届かない今がチャンスと思いまして」

なんて素敵な顔で嘘をつくんだろう、この人は。やっぱり、主人が主人なら従者も従者だ。

ラグフォルツ家の人間は油断も隙もありはしない。


「では、いただきましょうか」

通りの端に並んで立ち、私とニコラは今にも弾《はじ》けそうな黄色い粒に歯を立てた。途端に香ばしさと甘さが口の中に充満する。

「わ、美味《おい》しい。美味しいです、これ。ニコラさんも食べてください、早く」

「ルチェラさん、随分食欲が戻られたのですね」

「はい、カイ様のライチェのおかげでかなり体力は回復しました。お野菜ならいくらでも食べられます。ほら、ニコラさんも食べてくださいよ」

「はい、いただきます。懐かしいな、トウモロコシは」

あ、まただ。またニコラが懐かしいって。

「私の故郷でよく採れたんですよ」

疑問を先読みするようにニコラは言った。

「へえ、そうなんですか。美味しいですね、ニコラさんの故郷の味」

「……どっちが美味しいですか？」

「はい？」

「閣下のライチェとどっちが美味しいですか？」

トウモロコシを齧《かじ》りながらニコラが私の顔を覗《のぞ》き込んだ。

「な、なんですか、その質問は。そんなのどっちとかじゃないでしょう」

「いいからいいから、教えてください」

うわ、グイグイくる。

「私のことはいいですよ。ちゃんと通りを見張ってください」

「答えがいただけたらそうします。閣下のライチェと私の故郷のトウモロコシ。ルチェラさんはどっちがお好みですか？　修道女として誠意を持ってお答えください」

面倒くさっ。いったいなんのライバル心なんですか。強いて言うなら……。

「ライチェです」

「おお、神よ」

私の回答にニコラは悔しそうに指を鳴らしてみせた。もちろんそれは冗談半分の仕草ではあったけれど、

「……やっぱり、閣下にはかないませんか」

冗談に隠されなかったもう半分の感情が透けて見えた気がして、私の心の奥底に小さな揺らめきと罪悪感を生み出した。

「も、もういいですよ。はい、答えたんだからちゃんと見張りをしてくださいね。そろそろ買い出し部隊がやってくる頃ですから」

私は正体不明の感情をごまかすようにトウモロコシに噛《か》みついた。

「はいはい、お任せください。ルチェラさんは真面目な人ですね」

「勤勉さは修道女の美徳ですから」

「それにしても今日は特別張り切っているように見えますが、やはり閣下のためですか？」

「──ぶっ」

危うくトウモロコシを噴き出しそうになった。

「なんでそうなるんですか！」

「図星ですね。ああ、悲しい。ああ、神よ」

「軽々しく神様を呼び出さないでください。私のためです！　全部私の記憶を取り戻すためです！」

「本当に——？」

うわっ、ニコラさんが悪い顔してる。薄々感じていたけれど、この執事は主《あるじ》がいなくなると途端に緊張の糸を緩めようとする悪癖がある。

「修道女は嘘をつきません。私は一刻も早く記憶を取り戻して、一刻も早く暴風公爵の手から逃れて、それから、それから……」

それから、どうしよう。

その先は考えていなかった。意識的に考えないようにしていたことだった。私はもう修道院には帰れない。もし記憶が戻ったら、私は……。

「故郷にでも帰るしかないのかもしれません」

「故郷ですか」

「ニコラさんの故郷はこの近くなのですか？」

「え？」

何気ない質問のつもりだったけれど、ニコラは酷《ひど》く驚いた様子で私の顔を見返した。

「あれ、もしかして聞いちゃいけない話でしたか？」

「あ、いえ、そんなことは。私は……遠くの小さな村で生まれました」

「遠く……ですか？」

「はい。ずっとずっと遠くです」

頑《かたく》なに具体的な地名を口にしないのは、我《われ》亡《な》くしの私を気遣っているのか、それとも、詳しく言えない事情があるのか。鉄壁の笑顔に覆われたニコラの顔からは、何の考えも感情も読み取れなかった。

「ただの寂れた村ですよ。何の名物もない、誰が訪れることもない寂しい村。私の村の一族は、代々不思議な力を持つ者を輩出する家系でして。その力を王家に捧《ささ》げることによって辛《かろ》うじて庇護《ひご》を受けて生き延びてきたのです」

不思議な力……ですか？

「占いであるとか、未来視であるとか、そんな力ですよ」

「すごっ！　ニコラさん、そんなことができたんですか？」

「昔の話です。ずーっとずーっと昔の」

自嘲気味に笑ってニコラはトウモロコシに歯を立てた。

「私が生まれるより何代も前に消えてしまった力です。そうなるとうちの一族は無価値ですからね。成人すると大半が方々に出稼ぎを強いられることになるのです。多分、この国の至る所に私の一族が散らばっていると思いますよ」

「そうなんですか。ご家族とか、故郷のお友達とかには？」

「もう何年も会っていませんね。これからも会うことはないと思います」

「そう……ですか。すみません、変なことを聞いてしまって」

「気にしないでください、私から始めた話ですから。それに私は運がよかった。たまたま派遣された場所が閣下の下で」

「マ、マジですか。暴風公爵の執事がですか」

他の方々はどんな地獄に追いやられているのだろう。

「そんな顔しないでください。ここでの暮らしは結構気に入っているんです。傍目《はため》にはわからないかもしれませんが、閣下にはとてもよくしてもらっていますし、最近は賑《にぎ》やかなゲストも増えましたし」

「やめてください、賑やかとか。私は貞淑と清閑を旨とする修道女ですよ」

「ご謙遜を」

してませんから。

「ルチェラさんの評判はメイド達の間でも上々ですよ。昨日の帰りの話を聞かせたら皆手を叩《たた》いて笑っていました」

「話したんですか？　あの話を？」

首を刎《は》ねるって言われたのに？

「大丈夫です。あなたが来てからというもの閣下のご機嫌は頗《すこぶ》る麗しい。あなたには人の頑なな部分を柔らかく溶かす力があるのだと思います」

「買いかぶりですよ。私はカイ様に影響を与えられるような人間ではありません」

「閣下だけではありません。私も同じです」

「え？」

見上げる私に、ニコラは穏やかな笑みを返す。

「トウモロコシをありがとうございます。私ももう、迷うのは止めにしました」

それはまるで嵐の後の青空のような、何かを吹っ切ったような笑顔だった。

今日の朝食会議で見たのと同じ、透き通った危うい笑顔。

「私も本気になることにします」

「ニコラさん、それって……」

どういう意味ですか、そう尋ねようとした私の言葉を掌《てのひら》で制し、

「──来ました」

ニコラは視線で向かいの通りを示した。

「え？」

すぐさま後ろを振り返る。

ああ、来た。修道服こそ着ていないものの挙動でわかる。雰囲気でわかる。

天羽教の修道士だ。数は三人。

やっぱり、来た。

「追いましょう」

ニコラは食べさしのトウモロコシを通りに放ると、笑顔を仕事用のそれに切り替えて歩き出した。

修道士達は予想通り油の露店に直行した。

三人が三人とも大ぶりの甕《かめ》を油で満たし、えっちらおっちらと歩いていく。ニコラは人波に紛れつつつかず離れず三人の後についていった。

「カイ様を呼びに行った方がいいんじゃないですか？」

そんな意思を込めて袖を引くが、

「今離れると見失います。もう少しだけ追いましょう」

ニコラは首を振って尾行を続行する。となれば私も後に続くしかない。

歩けば歩くほど通りは人で溢《あふ》れていった。まともに歩くことすら難渋するほどだ。このままではカイに連絡するチャンスを失ってしまう。戻るなら今しかない。

「ニコラさん」

再び前を行く執事の袖を引くが、今度は振り返りもしなかった。

何かがおかしい。そう思ったタイミングで修道士が曲がり角を右に折れた。それを待っていたかのようにニコラが細い路地に飛び込む。

「先回りしますよ、走って」

「え？」

私が何かを言うより早く、ニコラは風のように狭い路地を駆け抜けた。

「ちょっと、待ってください。速いです！」

もしかすると、ニコラは一人で修道士を拉致するつもりなのかもしれない。嘘《うそ》でしょ、迷うのを止めるってこういうこと？　迷わず突っ走る的な？　だったらダメです。止まってください、ニコラさん。

「――っ」

私の胸中の叫びが届いたのか、先を行くニコラの足が急に止まった。

いや、止められたと言うべきか。

「…………」

路地の両側からふらりと現れ出たのは二人組の男。友好的な相手でないことは顔を覆う頭巾と手にした抜き身の刃物から察しがついた。すぐに後ろを振り返るが、後退もままならない。後ろからも、また二人――。

「な、なんですか、あなた達は」

男達は何も答えない。このタイミングで現れておいてまさか物盗《と》りでもないだろう。見張られていたのはこっちの方だったのか。

「ニコラさん」

「離れないで」

前後の不審者に目を配りつつ、ニコラは私を背中に隠す。

その間にも男達はじりじりと距離を詰めてきた。こちらが丸腰だと見抜いているのだろう、まるでニコラなどそこにいないかのような足取りの気安さだった。

「……女」

頭巾の下からぞくりとするような声が聞こえてきた。この声は知っている。

「兵士長の仇《かたき》だ」

殺される。瞬間的にそう思ったけれど、先に動いたのはニコラの方だった。壁を蹴り、舞うようにふわりと宙に躍り上がると、

「ぐうっ」

抵抗の間も与えずに男の脳天に踵《かかと》を落とした。

まともに喰《く》らった男は堪《たま》らずよろけて、あっさりと得物を放り出す。パスを受け取るようにナイフをキャッチしたニコラは、そのままくるりと刃を返し、

――――っ。

躊躇《ちゅうちょ》なく男の喉に刃を突き立てた。

鮮血が路地の壁に真紅の模様を描く。そして、血の飛び散る先を目で追ってしまったことが隣の男の致命的な遅れとなった。ニコラは優しく抱擁するように隣の男に重なり、離れた時にはもう心臓を貫き終わっていた。ズルズルとついさっきまで命の宿っていた軀《からだ》が崩れ落ちる。

「え……え？」

目の前の光景が信じられなかった。二呼吸の間に二つの命が絶えた。眩暈《めまい》がする。意識を失いそうになった。

ニコラはそんな私の顔に目隠しをするように手を当てて、

「怖かったら、ちょっとだけ目を瞑《つむ》っていてくださいね」

耳元で囁《ささや》いた。それはまるで恋人に愛を囁くような甘い声だった。

言われるままに目を閉じる。直後に悲鳴が聞こえ誰かが倒れる音が重なった。

そして、

「お、お前、どういうつもり――ぐぅ」

追い詰められた最後の一人の言葉が強制的に打ち切られ、石畳に崩れ落ちる音が聞こえてきた。

「終わりましたよ、ルチェラさん。もう、目を開けても大丈夫です」

「……ほ、本当ですか」

「もちろんです」

「本当の本当に大丈夫なんですか、目を開けても」

「ええ、本当です」

「………」

ああ、やっぱり大丈夫じゃなかった。目を開いて後悔した。路地裏は地獄そのものの惨状を呈していた。壁も石畳も真っ赤に染まり、足元に四つの軀が横たわっている。

「じゃあ、行きましょうか」

そのただ中にいて返り血一つ浴びていないニコラは、いったい何者なのだろう。

吐き気がこみ上げてきた。深呼吸をしようとしてまともに血の匂いを吸い込んだ。足元がふらつく。

「おっと、危ない」

倒れそうになる体をニコラに支えられた。カイとは違って女性のような華奢《きゃしゃ》な胸と細い腕。この腕で四人の命を奪ったのだ。まるで花でも摘むかのごとく。

「歩けますか、ルチェラさん？　取りあえずこの場は離れましょう」

私の手を取り、ニコラはゆるりゆるりと歩き出した。真っ赤な絨毯《じゅうたん》の上でスローなダンスでも始めるかのように。

その顔には、いつもの通りの太陽のような笑顔が輝いていた。


「刺客に襲われただと！」

路地裏に公爵の怒鳴り声が響いた。

「なぜ、すぐに俺を呼ばなかった」

「申し訳ございません」

そして、執事が深々と頭を下げた。

あの後、すぐに二人で修道士の後を追ったけれどその姿は雑踏に消えていた。やっぱり、彼らを見つけた時点でカイを呼びに行くべきだったのだろう。

「面目次第もございません。僧侶の一人二人くらいなら私一人で簡単に拉致できると思ったのですが……………調子に乗りました」

「また、お前の悪い癖が出たか」

やれやれとばかりに溜息《ためいき》をついてみせるカイ。

「それで刺客はどうした」

「始末しました」

「そうか」

特に驚く様子もなく頷《うなず》くと、カイは私の顔に目を向けた。

「怪我《けが》はないか、ルチェラ」

「……はい」

「やはりお前からは片時も目を離すべきではなかった。すまない」

まるで自分の体が痛んでいるかのような悲愴《ひそう》な目つきだった。なぜだろう、いつも自信に満《み》ち溢れた暴風公爵のこんな顔を見てしまうと心の奥がギュッと縮む。

「だ、大丈夫です、本当に。ニコラさんのおかげで擦り傷一つありませんから」

「そうか、であればいい」

まあ、怪我一つない代わりに、手の震えがずっと止まらないのもニコラのおかげだったりするのだけれど。

「相手は誰だ？　この期に及んで物盗りでもあるまい」

「か、か、確証はありません。で、で、でも、声を聞きました。き、き、聞き覚えのある声でした」

ああ、手の震えを抑えようとすると代わりに声が震えてしまう。

「どこで聞いた？」

「ロ、ローゼ川です。兵士長の仇……と」

「トルガンか」

全てを察したふうにカイが目を眇《すが》めた。

「奴ら、やはり教会と繋《つな》がっていたか。これでもう確定だ。トルガンめ、今度はこっちの番だぞ。その汚い喉笛に噛《か》みついてやる」

まるでそこに仇の姿が見えているかのように、カイは怒りに燃えた漆黒の瞳を宙に向けた。静かに闘志を燃やすその顔はぞくりとするほど恐ろしく、同時に息を止めてしまうほど美しかった。

「いよいよ、トルガン屋敷《やしき》に殴り込みですか、閣下」

「ああ、だが方法を考えねばな。軍を動かせば不利になるのはこちらの方だ……ニコラ、トルガンの兵は全員始末したのか？」

「はい」

「一人残らずか」

「はい」

「……本当に調子に乗ったな、お前」

呆《あき》れたように従者を睨《にら》み付けるカイ。ニコラはそれをいつもの笑顔で受け流し、

「申し訳ございません。ちょっと、いいところを見せたくなりまして」

私に向かってお手本のような完璧なウィンクを飛ばしてみせた。

いや、無理です無理です。あの殺戮《さつりく》を見て「きゃー、カッコいいー!」とはなりませんから。平和を愛する修道女なんですよ、私。手も足も声も震えて仕方がないんですよ。

「まあいい。作戦は屋敷に戻って考えるとしよう。ところで、ルチェラ」

「はい？　わっ」

突然、カイに手を握られて声が漏れた。

ずっと震えの止まらない手。恐怖で指先まですっかり冷えてしまった手。

「これはなんだ？」

捨てるタイミングを失いずっとトウモロコシを握り続けていた手。

「あ、えっと、小道具です。お芝居の」

「…………」

あれ、痛い。力が。ねえ、カイ様、手に力が……。

「ち、違うんです。これは決して美味《おい》しそうだから買ったわけではなく、いや、実際に美味しくはあったんですが、あくまで群衆に溶け込むためのお芝居の小道具として」

「……食べたのか？」

「は、はい」

痛い痛い痛い。あ、怒ってる。公爵閣下、これは怒っていらっしゃる。やっぱり任務中に不謹慎だったかしら。カイは背中に炎のような気迫をみなぎらせ、

「どっちが美味《うま》かった？」

「はい？」

裏切り者を訊問《じんもん》するような声でそう聞いた。

「トウモロコシとライチェ、どっちが美味かった」

またですか？　なんでこの主従は野菜に優劣をつけたがるのだろう。どういう家風なのですか。

「どっちだ、ルチェラ」

だから痛いですって。ライチェの方が美味しいです」

「ライチェです。ライチェの方が美味しいです」

が見る間に火勢を強めていく。どうやら冗談で聞いているわけではないらしい。背中に背負う炎
「……そうか。では、帰るぞ」

二度目の質問に同じ答えを返すと、カイは驚くほど興味なげな声でそう言って踵《きびす》を返した。

え、なんですか、その感じ。クールぶって格好つけたつもりですか。じゃあ、失敗ですからね。

見えてましたよ。声も顔も精一杯なんでもないふうを装っていたけれど、後ろを向くよりほんの少しだけ早く、喜びに拳を握りしめていたところ。

トウモロコシに勝ててそんなに嬉《うれ》しかったのですか。喜んでいただけて幸いです。

「何をグズグズしている、二人とも。早く来い。美味い屋台が近くにある。家の者達の土産に買っていこう」

なんか、機嫌も良くなっているし。

「ありがとうございます、ルチェラさん。また使用人仲間にいい土産話ができました」

なんか、ニコラさんはまた悪い感じにほくそ笑んでるし。

カイとニコラ、この二人の間にはいったいどういうライバル心があるのだろう。

てゆーか、まだ手が痛いんですけど。

なんだか、ラグフォルツ家は色々と面倒くさい。

六章　六日目

繰り返しになるが、トルガン家の治めるトルガニアとラグフォルツ家の治めるフィンクグラブは、神の涙・ローゼ川を境に隣り合っている。森や山地の多いフィンクグラブに比べ、トルガニアには肥沃な平野が広がっており、街道を行けば赤や黄色の草花と共にたくさんの野生動物達が目を楽しませてくれる。

ローゼ川を離れるごとに平原は畑になり、未舗装路は石畳になり、通り過ぎる村は町に変わる。トルガン公爵城の門前にいたると牧歌的な雰囲気は完全に消滅することになる。

見上げるほど巨大な石造りの要塞は、訪れる者に公爵家の富と権力を威圧的なまでに誇示していた。

「いやー、いつみても大きなお屋敷ですね、トルガン家は」

「古くさくて権威的なだけだ」

とゆーわけで、私は今トルガン公爵城の門前にいた。

「いや、早い早い！　なんでこんなことになったんですか！」

「閣下、うちのお屋敷もこれくらいのお城にしてもいいんじゃないですか？」

「領民からどれほどの税をとる気なんだ。俺が皇帝になった暁には、真っ先に築城の禁止令を出してやる」

ああ、もう。全然話を聞いてくださらない。

トルガン屋敷に乗り込んでやる。定例の朝食会議でそう意気込んだカイはそのまま散歩にでも出かけるような気軽さで、最短ルートでトルガン家の屋敷前までやってきた。

「でも、うちのお屋敷もそろそろ改修したほうがよいのでは？」

「まだいらん」

私とカイとニコラのたった三人で。

いや、死ぬ死ぬ死ぬ。これはめっちゃ殺されます。

しかもこの格好はなんですか。ただでさえ供の人数も連れていないのに、カイもニコラもまるでパーティーにでも出かけるように着飾って、私もいつも以上の化粧を施されパーティードレスまで着せられている。

「カイ様！　カイ様！　カイ様！」

「なんだ。さっきからうるさいな」

「聞こえているなら返事してください。なんなんですか、この格好は。死装束にしては洒《しゃ》落《れ》が利きすぎているかと思うのですが」

「あのな、言っておくが乗り込むと言っても力ずくで殴り込むという意味ではないからな」

首元の蝶《ちょう》ネクタイを整えながらカイが言う。

「トルガンを直《じか》に揺さぶって証拠となる言質を引き出してやるということだ。折よく今日はちょうど解禁の日だからな」

解禁の日？

「ほら、今日は週末ですから」

よほど不得要領という顔をしていたのだろう、ニコラがそっと耳打ちをしてくれた。

「……ああ、ギャンブルですか」

汚らわしい。

神に仕える者として嘆かわしい限りだが、ギャンブルは信仰心の篤《あつ》いマルジョッタ皇国でも貴族や一般市民の別なく広く普及する人気の高い娯楽だ。あまりにも熱中し身を持ち崩す人間が続出したため、ギャンブルは週末と祝日に限るという法律まで作られるほど、誰もがカードとコインとサイコロに熱を上げていた。

「トルガンは交際も兼ねて月初めの解禁日に近辺の公爵連中を屋敷に招いてギャンブルのパーティーを開いている。そこにお邪魔させてもらおうという寸法だ」

「さしものトルガン様も他の公爵がいる前で滅多なことはできないでしょうからね。それに中立の第三者がいれば発言の証人にもなってもらえますし」

カイとニコラが代わる代わる説明をしてくれる。

「なるほど、それなら確かに危険は少ないのかもしれませんね」

そのためのパーティードレスというわけか。今日着せられたドレスは薄いグリーン。胸元が大胆に開いているのが気になるが、ふわふわの長いスカートには不覚にも心が躍った。アクセサリーは控えめだが、ドレスに銀糸が編み込まれているらしく、翻すと不規則にキラキラと輝くのでついつい無駄にひらひらと動かしてしまう。

「いいですね、ルチェラさん。とてもよくお似合いですよ」

「あ、ありがとうございます」

いけない、私としたことが。これじゃあ、まるでアピールをしているみたいじゃないか。

ニコラのメイクは今日も凄《すさ》まじい腕前を発揮していた。唇はライチェのように赤く艶《あで》やかで、青のシャドウが目元を飾っている。血色の悪い顔色をカバーするためか、チークには赤系をふんだんに載せられた。

顔中どこをとっても詐欺のような仕上がりだが、美しいかと問われたら首を縦に振るしかない。決して自惚《うぬぼ》れているわけではなく、修道女に嘘《うそ》は許されないという理由から。

……カイ様はどんな目で見ているのだろう。気になるわけではないけれど、一応横目で

確認してみると、

「トルガンめ、今に見ていろ。お前にも大事なものを傷つけられる痛みを存分に味わわせてやるからな」

あ、見てないわ。

暴風公爵が熱意の籠る目で見つめているのは、無骨な石造りの公爵城の明り。

そうですよね。遊びに来たわけじゃありませんものね。がっかりなんてしていませんとも。

それにしても、めっちゃ根に持ってるんですね。ライチェを焼かれたこと。

「でも、どうして私まで連れてこられたのでしょう。記憶を戻すためにやってきたのでないのなら、戦えない私はお屋敷《やしき》で待っていた方がカイ様としても色々と動きやすいのでは？」

「それはだめだ。ルチェラ、お前は極力俺の目の届く場所に置いておく。それが一番安全だ」

きっぱりとカイは言い切った。人のことを物扱いしないでください、そう言い返すことも不可能なほどに。

「市場で襲われたことを覚えていますよね、ルチェラさん。奴らはもう本気です。閣下のいない間に暗殺者でも放たれればあなたをお守りできる保証はありません。現状、ルチェラさんはラグフォルツ家最強戦力である閣下の近くにいるのが最も安全なのです」

ニコラも主人の意見に強い賛成を示した。二人がかりで説得されれば、私に言うことは何もない。ただ黙ってスカートをひらつかせるのみだ。

「でも、なんだか意外ですね。一方的に橋を架けたり落としたりしている間柄なのに、トルガン様からパーティーの招待状をもらえるなんて」

これが魔窟といわれる貴族の社交界なのか。修道女にはとても理解できそうにない。

「いや、俺は招待されていない」

あ、普通にハブられてた。じゃあ、駄目じゃないですか。入れないじゃないですか。

「だから、相乗りさせてもらおうと思ってな」

「相乗り……ですか？」

「そろそろ来るはずだ」

カイの言葉に応えるように地響きにも似た轍《わだち》の音が石畳を伝わってきた。

なんだ、あれは。砂埃《すなぼこり》を舞い上げて姿を現したのは騎馬の一団。

なんて煌《きら》びやかなんだろう、鎧《よろい》も馬具も金色で統一されている。まるで金塊が移動しているかのようだ。

「カイ様、あれは？」

「メルベイユの騎兵隊だ」

金ぴかの一団は統率された動きで公爵城の門前で停止した。そして一際豪華に装飾された馬車の扉が蹴破らん勢いで開かれる。

「おお、門前に不審な輩《やから》がいると思ったらお前だったか、カイ・ラグフォルツ！」

「悪趣味は相変わらずだな、メルベイユ」

メルベイユと呼ばれた青年はカイと親しげな罵倒を交換すると、笑顔で固く握手を交わした。

「八公爵の一人、メルベイユ・グリーエル様でございます」

ニコラに再度耳打ちされた。

我《われ》亡《な》くしの私でもその名前は覚えている。純真で名高いグリーエル公爵、こんなに若い方だったとは。年の頃はカイと同じくらいだろうか、体格は細身だが溌剌《はつらつ》として人懐っこそうなお方だった。

「カイ、お前をトルガニアで見かけることがあるなんてな。今日はどうしたんだ？　戦争でも起こしに来たか？」

「戦争なら俺一人でも買ってやるが、今日は卓の上でやり込めてやるさ。お前も含めてな」

「望むところだ。で、馬車はどうした？　まさかここまで歩いてきたんじゃないだろうな？」

「いや、不調があって近所に置いてきた。すまんが相乗りさせてくれ」

「いいとも。乗れよ」

年が近いせいだろうか、二人は仲が良《い》いらしい。あっさりと相乗りを承諾したメルベイユは、私達を鷹揚《おうよう》に金ぴかの馬車に誘い込んだ。

「久しぶりだな、ニコラ。相変わらずいい男だ。ラグフォルツ家に愛想が尽きたらいつでもグリーエルに来い。お前なら高待遇で迎え入れるからな」

「ありがとうございます。帰ったらすぐにでも履歴書を送ります」

「約束だぞ。そして……ん？」

メルベイユはそこで初めて私の存在に気付いたように言葉を切り、眼球が零《こぼ》れ落ちそうなほど瞼《まぶた》を見開いた。

「おい、カイ！　この美しいご婦人はいったい誰だ！」

え？　美しい？　私が？

「おお、近くで見るとなお美しい。こんな美人は見たことがない」

「……ふぐっ」

お尻の肉を自分で思い切りつねり上げた。

喜ぶな。この賞賛は、全てニコラさんの詐欺メイクのおかげだ。ニコラさんの手柄だ。決して私自身が褒められたわけじゃない……けど。

「まるで女神じゃないか」

どうしましょう、神様。あなたと同列になってしまいました。嬉《うれ》しいです。この人、すごくいい人です。

「ラグフォルツ家の親族なのか？　頼む、カイ！　是非とも紹介してくれ！」

両手で肩を摑《つか》み揺すりまくって熱烈に紹介を求めるメルベイユ、対してカイはまるで犬の名前を答えるように気軽に言った。

「ああ、こいつは俺のフィアンセだ」

「ええっ！」

「なにっ！」

メルベイユと私の驚きの声が綺麗《きれい》に重なった。

「どういうことだ！　フィアンセだと！　驚かせるな！　いつ決まったんだ？　そういうことはもっと早く言え！」

ああ、メルベイユ様が。私の言いたいことを一言一句違わず代弁してくださる。

いや、本当にその方針いつ決まったんですか。お芝居なのはわかっていますが、事前に教えていただかないと。一緒に驚いちゃったじゃないですか。

「まあ、おいおい話すさ。ゲストが全員揃《そろ》ったらな」

「もちろんだ、後で詳細に聞かせてもらうからな。おい、早く出せ」

これがカイの作戦なのだろうか。友人の恋話《コイバナ》聞きたさのあまり、メルベイュは細かい詮索を全て素っ飛ばして馬車を急がせた。百メートル先からもそれとわかる金ぴかの馬車をいちいち停車させて中を検《あらた》める衛兵はいない。

こうして招待状を持たない私達はまんまと敵城の本丸へと入り込むのだった。

「いつ見ても派手なお屋敷だな！」

侍従の案内を受けながらメルベイュは愉快そうに笑い声を立てた。

確かに城内は笑えるほどに贅《ぜい》の限りが尽くされていた。広い玄関ホールに据えられた巨大な彫刻、その背後を飾る壁一面の壁画には高価な青色の顔料がふんだんに使用されている。分厚いオーク材の扉を使用人が二人がかりで開くと、どこまでも続く廊下の白壁を大きな窓と大きな絵画が代わる代わる飾っており、移動の間ですら来客の目を楽しませる工夫に余念がない。

が、楽しくない。私は全然楽しめない。

踵《かかと》が沈むほどの毛足の長い絨毯《じゅうたん》を踏む度に、腹の底にどろどろとしたどす黒い澱《おり》が溜《た》まっていくのが自覚できた。

この屋敷に、トルガン公爵がいる。

そう思うだけで呼吸は浅くなり、鼓動が速くなった。

カイの架けた橋を落とし、市場で私の命を狙ったトルガン公爵。聖皇帝《せいこうてい》の命を奪い、その濡《ぬ》れ衣《ぎぬ》をカイに着せようとした可能性が極めて高いトルガン公爵がすぐ傍《そば》に……。

冷静でいなければと、必死に自分に言い聞かせた。ここはいわば敵陣の只中《ただなか》だ。心を乱してはいけない。カイの足を引っ張るような真似《まね》だけはしてはいけない。

ふと、肩に誰かの熱を感じた。

「ルチェラ」

「……あ」

カイだった。カイが寄り添ってくれていた。なぜだろう、すぐ傍にカイの存在を感じるだけで胃のむかつきがふっと和らいだ気がした。カイはそんな私の耳にそっと低い声を囁《ささや》き入れる。

「成り行き上、お前は俺のフィアンセということになってしまった。とにかく俺の問いかけに『はい』とだけ答えていればいい。わかったな」

「……はい、カイ様」

「上出来だ」

そう言って、カイは私の背中に大きな手を添えてくれた。泣きそうになるほど安心感を与えてくれる掌《てのひら》だった。

「トルガン公爵閣下、グリーエル様がお着きです」

侍従が応接室の前でそう告げると、中から横柄な返事があった。

「入れ」

「来たか、グリーエル殿」

客間から一歩も出ることなく来客を迎えたトルガン公爵は、パーティーのホストとは思えないほどの尊大な態度で第一声を放った。

震えが体を貫いた。

この男がトルガン家現当主リーシェドリー・トルガン。年齢は四十代ほどだろうか。後ろで束ねた長い黒髪と豊かな口髭《くちひげ》が実年齢以上の貫禄を付与しているように見える。

ああ、神様。修道女としてあるまじき考えをお許し下さい。私は一目見た瞬間から、この男が嫌いになりました。罰ならいくらでもお受けします。だから今は言わせてください。

私はこの男が嫌いです。どこの世界に人を招いておいて立ち上がりもせず迎える人がいるでしょうか。

世の中の秩序と礼節を一手に担う心意気で呪いの言葉を繰り返していると、トルガンは冷徹そのものの目を客に走らせ、

「ラグフォルツ！　貴公なぜここにいる」

招かざる客に気付いて声を上げた。

「お久しぶりですね、トルガン殿。本日はお招きに預かり光栄至極にございます」

カイは澄ました顔で進み出て恭しく一礼をして見せる。いや、これは礼儀じゃない。社交マナーに疎い修道女でもこれはさすがにわかる。これは礼儀に見せかけた、挑発だ。

「貴公を呼んだ覚えはない！　どういうことだ。グリーエル殿」

あ、やっと立った。ソファに根が生えたようだったトルガンがやっと立ち上がって声を荒らげた。

「え、嘘《うそ》。お前、呼ばれてなかったのか？　じゃあ、何で来たんだよ」

至極当然の疑問をメルベイユが口にするが、カイは憎らしいほど涼しい顔を崩さない。

「何でって、貴公が俺をここへ連れ込んだんだろう」

「俺が？　いや、違うだろう。お前がさも誘われた面して立ってたからだろう」

「俺はただ、馬車に相乗りさせてくれと言っただけだが」

「んん？　そう言われればそうだったな。やべっ。もしかして俺、勘違いで無理やり呼び込んでしまったのか？」

そんなはずがないでしょう。しっかりなさってください、メルベイユ様。

カイ様、色々言ってましたから。明らかに騙《だま》すようなことを色々言っておりましたから。

「申し訳ない、トルガン殿。俺の勘違いで誘われていないラグフォルツを呼び入れてしまったかもしれない。許してくれ」

ああ、可哀想《かわいそう》。まんまとメルベイユ様が謝らされている。どうしよう、この人やっぱりすごくいい人だ。

「という訳だ、トルガン殿。メルベイユに悪気はない。ここは一つ招かれぬ客の飛び入りを許してもらえぬか……貴公とは色々話したいこともあるしな」

「貴様」

しばし、カイとトルガンの間で視線の火花が交錯した。それは今にも激しく燃え上がり、公爵城を火の海に呑《の》み込みかねない危険な火種だったが、

「あらあら、今日はまた結構な大人数が揃ったのね」

そこに冷水を浴びせたのは背後から上がった惚《とぼ》けた声だった。振り返ると、白髪をべたりと後ろに撫《な》で付けた小柄な老女が立っていた。

酷《ひど》く痩せ細った老女だった。パーティードレスも飾り気が少なく供の一人も連れていない。しかし、貴人であることはその身なりとメルベイユが相好を崩して握手を求めに動いたことから察しがついた。

「おお、ローリー様。お体の具合はもうよろしいのですか？」

「お陰様でね。グリーエルの坊やは壮健そうで何よりね」

老女は気軽にメルベイユの握手を受け、心根を表すような屈託のない穏やかな笑みを返した。

「ところで、私が席を外している間に随分と盛り上がっていたようじゃない。見逃しちゃったから、もう一度初めから見せてくれないかしら？」

前言撤回。貴族同士の揉《も》め事をまるでショーでも見逃したかのように語る老女は、見た目によらずなかなかの曲者《くせもの》なのかもしれない。ローリーと呼ばれたということは、もしかしてこの方が……。

「クラリッサ・ローリー筆頭公爵でございます」

如才ないラグフォルツ家の執事は、私の考えが読めるかのように注釈を耳に吹き込んでくれた。

「これは恥ずかしいところをお見せした。ローリー様、こちらへどうぞ」

さすがのトルガンも筆頭公爵の前で揉め事を起こす気はないらしい。カイの視線から目線を外すと、手を引かんばかりにしてローリーを中央のソファへ導いた。

「ありがたいわ。この年になると少し歩いただけでもすぐに座りたくなってしまうのよ」

並み居る公爵達を当然のごとく押しやってローリーはソファの真ん中に腰を下ろす。さすが、代々女性が当主を務めるローリー家の現当主は、これだけの男達を前にしてもまるで物怖《ものお》じするところがない。

それにしても、まさか筆頭公爵までが招かれていたとは。改めて見回してみると、なんて豪華なパーティーなのだろう。ローリー、トルガン、グリーエル、そしてラグフォルツ。

応接室に八公爵の半数が揃い踏みだ。

「ところで今日は珍しいゲストがいるようね。ラグフォルツの坊や」

「お久しぶりです、ローリー様。お元気そうで何よりです」

「ありがとう。そちらの素敵な方はどなたかしら？」

私の姿を目で示してローリーが尋ねる。

「私のフィアンセ、ルチェラ・ライチェリアでございます。こちらはローリー筆頭公爵だ。くれぐれも失礼のないように」

「は、はい。カイ様」

「まあ、素敵。女嫌いのラグフォルツの坊やにもやっと春が来たのね。でも……他のパーティーでお会いしたことはないわね。いったいどこのお嬢さんかしら」

「私の遠い親戚筋でして。母方の従妹の義理の父の孫娘に当たるんだったか、ルチェラ？」

「はい、カイ様」

「長らく隣国で暮らしていたのでご存じでないのも無理ないかと思います。先の停戦協定の締結でようやくこちらに戻ってくることができました。そうだな、ルチェラ」

「はい。カイ様」

どうしよう。言われた通りはいはい言ってたら、いきなり外国暮らしの設定が付与された。隣国の言葉を話してみろと言われたらどうすればいいのですか、フィアンセ様。

「ふーん、そうなのね」

ローリーの目に、女にだけわかる異様な迫力が籠ったのがわかった。

「まあ、なんにしても結婚するのはいいことよ。おめでとう」

セーフ。ドレスの下でどっと汗が噴き出した。

「ありがとうございます」

「え、なに？　もう終わり？　もっとちゃんとルチェラ殿のこと教えろよ。隣国のどこに住んでたんだ？　誰の家に世話になってたんだよ」

お黙りくださいメルベイユ様。これ以上設定を増やさないでくださいまし。

「まあ、積もる話は賽《さい》でも振りながらやりましょう。犬猿の仲と思われていたトルガン殿がラグフォルツの坊やを誘うなんて。これも聖皇帝のお導きかしら」

「いや、ローリー様。これは……」

「よいでしょう。今はまさにマルジョッタ皇国の一大事。八公爵は今こそ一番の団結が求められる。今日は賽を転がしながら大いに交遊を図りましょうね」

あー、ギャンブルなんですよねぇ。これだけのメンツが揃《そろ》っておきながら貴人のやることはやっぱりそうなんですよねぇ。これだけのメンバーが本気になれば、それこそ国だって動かせるのに。

「さあ、始めましょう。トルガン殿、賽をちょうだい。それとお酒ね。これだけの殿方が揃ったんですもの、イケメンを肴《さかな》に一杯やりたいわ」

筆頭公爵は快活に笑って手を叩《たた》くと、不穏になりかけた応接室の空気を一気にがらりと変えて見せた。


すぐにお酒といくつかの酒肴《しゅこう》、そしてサイコロが運び込まれ、貴人達のそれはそれは高貴なお楽しみが始まった。ギャンブルのことはよくわからないけれど、どうやらサイコロを三つ使うルールらしい。【大】だの【小】だの言いながらチップを動かしているところを見ると、出た目の大小を当てるゲームのようだ。

カラカラと小気味よい音を立てるサイコロに誘われて、貴人達の会話は天気の話題から今年の収穫、思い出話と軽快に転がり、

「しかし、不思議なものね。こうして遊んでいるこの部屋の中から次の皇帝が誕生するかもしれないなんてね」

何の前触れもなくローリーが急角度で核心へと切り込んだ。

「ぐえぇ、やっぱりその話するんですか？」

負け分のチップを払いながらメルベイユが顔を歪《ゆが》める。

「あら、グリーエルの坊やは選択の儀に不満なの？」

「いや、不満はないですけど。正直、よくわからないというのが本音です。儀式の内容も詳細も定かじゃないですし。七百年もやっていなかった儀式を今さらやる必要ありますか？」

「ほほほ」

「聖皇帝の跡継ぎが必要なら養子を取ればいいだけの話だし、俺達八公爵から選びたいなら筆頭のローリー様を選べばいいだけの話じゃないですか」

「あたしなんてだめよ。こんなババアは事前の審査で弾《はじ》かれるわ」

「まさか。ローリー様はまだまだご健在じゃないですか」

「そうですとも。それにそんなことを言うのなら他に一番に弾かれなくてはいけない人物がいるでしょうに」

トルガンもチップを支払いつつ視線を挑発的にギラつかせる。

「いったい誰のことを言ってるんだ、トルガン殿」

カイは、勝ち分のチップと一緒にトルガンの挑発を正面から受け取った。視線の剣戟《けんげき》をすり抜けるようにサイコロが乾いた音を立てて転がっていく。

「まあまあ。落ち着きなさいよ、坊や達。今夜は楽しいギャンブルの日、喧嘩《けんか》はだめよ」

ローリーは二人の間に横槍《よこやり》を入れるように負け分のチップを雑に放り込むと、

「……で、結局どうなの、ラグフォルツの坊や？　あんたやっちゃったの？　アディマ様を」

自分の手で和らげた場の空気をもう一度しっかりと正式に波立てた。

「やっていません」

勝ち取ったチップをテーブルに積みながらカイは答える。

「ふん、周囲の反対を押し切って貴公が無理やり架けた橋が、聖皇帝がお渡りになったちょうどその瞬間に落ちたのだぞ。それでも白をきるつもりか」

乱暴に負けたチップを投げ捨ててトルガンが問い詰める。いったい、どの口が言うのだろう。コインを投げ返してやりたい衝動に駆られた。

「だからこそだ。怪しまれることが確定した状況で暗殺を決行するバカがいるか」

「でもねえ、その裏をかいてあえてってことも考えられるのよねぇ」

いったいこの老女は場を荒らしたいのか、収めたいのか、どっちなんだろう。ローリーはクスクスと笑い声を漏らしながら負けたチップを支払った。

そしてまた、静まった場にサイコロの転がる音だけが響く。

「まあ、全ては神託者のご判断にお任せすることになるわよ。あたし達はそれに従うだけ」

そう言って、ローリー筆頭公爵は負け分のチップをまた払った。

……神託者？

サイコロと共に聞いたことのない言葉が転がり出た。咄嗟《とっさ》に部屋にいた全員の顔に視線を走らせるが、皆要領を得ない表情をしている。

「ローリー様、神託者とはなんのことでしょう」

負けたチップを支払いながらメルベイユが全員の疑問を代表する。

「あら、坊やはそんなことも知らずに選択の儀に挑もうとしていたの？　おかしいのねえ」

ローリーはさも愉快そうに笑って支払い分のチップを転がした。

「まあ、無理もないかしらね。王家が意図的に隠してきた事実だもの。でも、だからといってここまで無知だと、ちょっと可愛《かわい》くなってくるわね」

王家が秘密にしてきた事実？　誰もが視線で互いの腹を探り合う。その合間を縫ってサイコロは転がり続ける。ローリーは葡萄酒《ぶどうしゅ》で喉を湿らせると歌うように言葉を続けた。

「神託者とは神と感覚を共にする者、神の意志をその身に宿す者……選択の儀を取り仕切る独立した秘密の儀官よ」

「選択の儀を取り仕切る儀官……選択の儀は王家が取り仕切るのではないのですか？」

勝ち得たチップを引き寄せながらカイが尋ねた。

「そんな不公平なことできないわよ。王家が受け持つのは準備と召集まで。実際の儀式そのものを動かすのは神託者、次期皇帝をその指で指し示すのも神託者よ。神託者は選択の儀が終わるまで一時的に皇帝権限の大半を委譲されるの。その権限でもって、儀式に相応《ふさわ》しくない人物を除外し、時には拘束監禁を命じることまで許されるわ。おっかないわよね」

……おっかない。そんな言葉で済ましていい話だろうか。皇帝の権限が委譲されるだって？　そんなの、一時期に皇帝になるのと同義じゃないか。

「神託者……なぜそのような重要な存在が秘匿されていたのですか？」

「そりゃあ、争いの種にしかならないからよ」

ローリーは凍りつく貴人達の顔を肴にするように酒杯を傾け、それはそれは優雅な所作で葡萄酒のお代わりを要求した。

「考えればわかるでしょ。神託者を取り込むことができれば、あとは皇帝と世継ぎを殺すだけで次の皇帝の座が転がり込んでくるんだもの。実際にこの国の創成期にはしょっちゅう暗殺騒ぎが起きたらしいわ」

「ほら、やっぱりだ！　結局扱いきれないいんじゃないですか、この儀式」

負け分のチップを吐き出しながらメルベィユは呆《あき》れたように額をさする。

「ねえ、ローリー様。おかしくないですか？　なんで選択の儀ってなくならないんですか」

「選択の儀を取りやめようとした皇帝も過去にはいたらしいわ。三度目の儀式の後とかね。これ以後の選択の儀は中止にするとお触れを出したんだけど」

まるで当時の混乱が見えているかのようにローリーは忍び笑いを漏らした。

「公爵達の猛反対にあって早々に撤回されたそうよ。無理もないわよね。自分は選択の儀で選ばれて皇帝になったのに、俺様以降は禁止だって言われても納得する人はいないわ」

「……確かに」

トルガンは頷《うなず》きながら負けのチップをまた支払う。

「だから、当時の皇帝は神託者の一族を囲い、その存在を秘匿することにしたの。彼らを王家の抽斗《ひきだし》の奥に仕舞い込んで決して歴史の表舞台には出さず、選択の儀の記録を残すことも禁止した。同時に世継ぎの管理を徹底し、血筋の継続に文字通り心血を注ぐようになった。二度と選択の儀を開催させないためにね」

「どうりでどれだけどこをひっくり返しても詳細な文献がでないわけだ」

勝ち分のチップを回収しながらカイは忌々しげに吐き捨てた。

「でも、七百年の太平は長すぎたようね。人も組織もすっかり緩んじゃってこの体たらく。今じゃ神託者の一族の血も果てたと聞いていたけれど、アレクサンドラ皇后……あの小娘はいったいどうやって選択の儀をでっち上げるつもりなのかしら」

「ローリー様」

トルガンが負け分のチップをわざと乱暴に投げ捨てて、筆頭公爵のヒヤリとする発言をかき消しにかかった。

「あら、ごめんなさい。今のは酔っ払いの妄言と思ってちょうだい。ルチェラさんもよ」

あ、この方怖い。笑ってるのに目だけが真剣だ。

「ちょ、ちょっと待ってくださいよ、ローリー様。初めて聞く話ばかりで衝撃なんですけど。なんでローリー様はそんなこと知ってるんですか？」

メルベイユは負けチップを支払いながら尋ねる。

「王家の情報なんて王家の人間からしか入ってこないわよ」

「も、もしかして王家にスパイを？」

「アレクサンドラじゃあるまいし、そんな真似《まね》しないわよ。いろんな人が教えてくれたの。今じゃあ、こんなしわしわのお婆《ばあ》ちゃんだけど、若い頃は方々に浮名を流したもんだからね。社交界では王族キラーなんて呼ばれていたかしら」

まるで国家の大反逆人のような渾名《あだな》を懐かしげに語る老女は、グラスになみなみと残っていた葡萄酒を飲み干して負け分のチップを差し出した。カイは静かにそれを受け取って目の前のテーブルに積む。

そして、またサイコロが乾いた音を立ててテーブルを転がり三つの数字を天に示す。

「なんだよ！　もうやってらんねえよ、こんなん！」

メルベイユの拳が乱暴にテーブルを打った。

それは、堪えに堪え、溜まりに溜《た》まった怒りの拳だった。メルベイユは満身の怒りを震える声に乗せて応接室に放つ。

「カイ！　お前さっきから勝ち過ぎだろ！」

あー、思ってました！　私もそれ、ず——っと思ってました！

さっきからカイ様一生勝ってますもんね。受け取ってばっかでチップ支払ってるとこ見たことないですもんね。ギャンブルのことはよくわからないから、こんなもんなのかなって流してたけど。やっぱり普通じゃなかったんですね。

「お前、ほんっといい加減にしろよな！　こんなに勝つな」

「どういう種類のクレームなんだ、それは」

「つまんねーんだよ！」

再びメルベイユの拳がテーブルを打つが、ぎっちりと積み重なったカイのチップの山は、その重量からかビクともしない。

「全く。だから貴公とは同卓に着きたくなかったのだ」

トルガンもうんざりしたように顔を振り、

「確かに、坊やの勝ち方には可愛げがないねぇ」

ローリーまで興ざめしたように葡萄酒の杯を呷《あお》った。

ああ、居たたまれない。カイ様の無作法な勝ち方のせいで場が白けてしまっている。

しかし、当の本人は場の空気など読むはずもなく、余裕の顔でサイコロを握った。

「仕方ないな。では、次の勝負にはハンデをつけよう。今までは三つのサイコロの合計が十一なら【大】、十以下なら【小】で賭けていたが、俺が親となるこの一投に限り、八以下で【小】としよう。もちろん、俺は【小】に賭ける。これでどうだ」

ギャンブルのルールはよくわからないけれど、恐らくカイは自分の勝つ確率を減らした勝負を提案したのだろう。

しかし、誰のチップも動かない。メルベイユはいじけたように指でテーブルを擦り、トルガンは腕組みを崩さず、ローリーは酒杯にお代わりを要求する。

「では、五以下を【小】とする。この勝負を受ける勇猛なやつはいないか?」

――勇猛。トルガン家を象徴する言葉をあえて口に出したのは明確な挑発だろう。使用人も含め、この場にいる全員が発言の真意を汲《く》み取り、

「受けよう」

火牛の紋章を背負う公爵が腕組みを解いてそう答えた。

ただ、この男は牛ほど単純ではない。

「【大】にこの屋敷《やしき》を賭ける」

……は？

「うえ、ずりぃ、マジかよ！　トルガン殿」

「ほっほ、容赦のない坊やだねえ」

信じられない、自分が圧倒的に有利になった途端にそれか。それでよく勇猛が語れたものだ。メルベイユとローリーも呆れたように囃《はや》し立てるが、

「わかった。俺も屋敷を賭けよう」

何を考えているんですか、カイ様。賭ける方も賭ける方だが、受ける方も大概だ。屋敷だって？　こんなサイコロの勝負一つにかけていいものじゃないでしょうに。

「では、いこうか」

「待て、ラグフォルツ。ここまで連続で勝たれるとさすがに不自然さを感じないわけにはいかん。振り手を変えてもらおうか」

面と向かって、お前はイカサマをやっていると指摘しているに等しい申し出に一瞬室内がピリついたが、やはり、カイは顔色一つ変えずに傍らに立つ執事の顔を仰ぎ見た。

「では、ニコラ。お前が振れ」

「待て。その男も貴公の側の人間だろう」

「やれやれ。では、誰が振れば納得するんだ。メルベイユか？　俺の親友だからダメか？　ローリー様にお願いするか？　これもダメか？　ついさっき俺の婚約を祝ってくれた人だ

からな。いっそ貴公が振るか？　俺は一向に構わんぞ」

「……口の減らん男だ。好きにしろ」

呪いでもかけるようにサイコロを握り締め、こちらへ投げて寄越すトルガン。カイは軽々とそれを受け取ると、

「それではルチェラ、お前が振れ」

「はい、カイ様」

私に賽《さい》を握らせた。

ウソウソウソウソウソウソウソウソウソウソウソウソウソウソウソ。

無理無理無理無理無理無理無理無理無理無理無理無理無理無理無理。

なにこれ、どういう状況ですか、これ。言いつけ通りはいはい言っていたら、今度は両家のお屋敷の命運を握ることになってしまった。

なんで？　なんでこんなことになったの？　え、五以下？　サイコロ三つで五以下を出さなくちゃいけないの？　え、私が？　重っ、たった三つのサイコロが、持ち上げるのもやっとなほどに重い。

「大丈夫だ、ルチェラ」

サイコロを握る手がふっと温《ぬく》もりに包まれた。今にも手首から外れて床に落ちそうなほど重くなった手を、カイが包み込んでいた。そして、穏やかに微笑《ほほえ》みそっと息を吹きかけ

る。

「お前が振った賽の結果なら、俺はどんな目が出ても喜んで受け入れるさ」

「……え」

それはもちろんフィアンセの演技としての笑顔だろう。それでも、私の手は嘘《うそ》のように軽くなり、力の抜けた指の間から砂のようにサイコロは転がり落ちた。

「さあ、大勝負だ！　負けた方は宿無しだぞ」

メルベイユが立ち上がり、ローリーが酒杯を置き、トルガンが拳を握る。

——3。

最初に動きを止めたサイコロは無情にも三つの黒丸を天に向けた。

ああ、終わった。心臓に刃を突き立てられたような痛みが走った。トルガンの口髭《くちひげ》が厭《いや》らしい角度に持ち上がるのが視界の端に映った。

しかし、

「心配するな」

この期に及んでまだカイは余裕の表情を崩さない。

そればかりか、未《いま》だ動きを止めていない残りのサイコロの行方を見てすらいなかった。

ただ笑いながら私を見ていた。そんな漆黒の瞳に囚《とら》われていると、

「嘘だろ、マジか！」

サイコロの行方を見逃した。メルベイユの叫び声で我に返ると、

――1。

――1。

残りの二つのサイコロはトルガンを嘲笑《あざわら》うかのごとく、ライチェのような赤丸を観客に向けて示していた。

「すげえ、【小】だ！　カイの勝ちだ！」

「貴様！」

トルガンの目が憎しみに燃え上がった。殺意を込めてカイを睨《にら》みつける。

その瞬間、背中に電撃にも似た悪寒が走った。

心臓が破裂しそうなほど跳ね上がり、全身の毛穴が瞬時に開く感覚に襲われる。

この目……知っている。私はこの男に会ったことがある。

耳に水音が蘇《よみがえ》った。目の奥が急激に熱を持ち始める。

いけない、目の色が変わる。反射的に顔を手で覆って下を向いた。その頭を素早く抱き締められる。誰の腕かは、もう感触でわかってしまった。これで何度目だろう、こうやってカイに抱き寄せられるのは。

「すまない。俺のフィアンセが気分を悪くしたようだ。勝負の途中だが、これでお開きにさせてもらえるか」

お芝居上のフィアンセ様は、私の顔が誰からも見えないようにしっかりと胸に抱き寄せたまま退室を促した。頭を包む手も、肩を抱く手も、お芝居とは思えないほど優しくて、

「……うちのフィアンセに救われましたな、トルガン殿」

最後の煽《あお》り言葉さえなかったら、このまま本当のフィアンセになりたいと思えるほど心地よかった。


「もう顔を上げても大丈夫ですよ、ルチェラさん」

宿泊用に案内された客間の扉を背中で閉じると、ニコラは息を吐き出した。まるで勝負の間からずっと息を止めていたかのような、長い長い吐息だった。

「ここへ座れ、ルチェラ」

カイに手を引かれソファに導かれる。お尻がどこまでも沈んでいきそうなほどクッションの利いたソファだった。目の奥はまだジンジンと熱を持っている。

「カイ様、カイ様……」

「ここにいる。落ち着いて、冷静に話せ」

ソファの前にしゃがみ込むカイ。星空のような真っ黒い瞳が、私の金色の眼《め》を真《ま》っ直《す》ぐ捉えた。

「……思い出しました。私はあの人に、トルガン様に会ったことがあります」

「どこでだ」

「水の音が聞こえました。雨の音も。ローゼ川です。ローゼ川の橋の上にトルガン様もいました。ものすごい目で私を睨んでいました」

「石橋崩落の瞬間に、トルガンもそこにいたということか」

私の肩に載ったカイの手に力がかかる。

「はい」

「ありえるぞ。聖皇帝の暗殺となると大人数では秘密を守れない。やるならごく少数で、その中にトルガン本人がいても不思議じゃない。でかした、ルチェラ！」

「うわっ」

よほど嬉《うれ》しかったのだろう、珍しく興奮したカイに思い切り抱き締められた。

「カ、カイ様、何を……離して」

「よくやった！　本当によくやった、ルチェラ！」

だから、離してくださいってば。興奮しすぎですから。

荒々しい鼓動が私の胸に直接伝わってくる。急《せ》き立てられるように、私の心臓も駆け足を始めた。かと思えば、

「で、トルガンはどんな格好だった？　服装や持ち物を詳細に思い出せるか？」

傲慢な暴風公爵は一方的に私の心臓をたきつけたかと思うと、すぐに突き放して今度は

質問攻めにする。

「今はまだ。でも、今まで通りなら今夜の夢に出てくると思います。ただ……」

「ただ、なんだ？」

「……今夜、うまく寝つけるかどうか」

一度走り始めた胸の鼓動は激しくなる一方だ。まだこの胸にカイの心臓がくっついているかのように。ああ、顔が熱い。抱き締められた感触が、体から離れない。

「ん？　どうした、ルチェラ。具合でも悪いのか」

全部、あなたのせいです。

「確かに、とんでもない大勝負に巻き込まれましたからね、ルチェラさん」

私の心情を曲解したニコラが苦笑いを浮かべて言った。

「まさかお屋敷を賭けた大勝負になるなんて、さすがに肝が冷えましたよ、閣下。ルチェラさんもよくあの場面で冷静に賽を振れましたね」

「全っ然冷静じゃなかったです。心臓が止まるかと思いました。修道女になんて真似《まね》をさせるんですか」

ギラギラと光る眼で精一杯睨み付けるが、暴風公爵は憎らしいほど余裕の体で悠々とソファに腰を沈めている。

「あの場合は仕方ないだろう。まあなんにしろ、よくやった」

「よくやったじゃないですよ！　たまたまうまくいったからいいようなものの、私がイカサマをミスったらどうするつもりだったんですか」

「イカサマ？　どういう意味だ？」

カイの眉間に不可解そうな皺《しわ》が寄る。

「どういう意味って……」

あのサイコロに何か仕込みがあったんでしょ？　そうでないと、あの勝率はありえないし……。

「あの、ルチェラさん」

当惑する私の肩をニコラがぽんぽんと叩《たた》いた。

「私は長年閣下のお傍《そば》に仕えていますが、閣下がこの手の勝負にイカサマを用いたところは一度も見たことがありません……もちろん、負けるところも」

「う、嘘でしょう」

ソファで寛《くつろ》ぐカイの横顔を空恐ろしい思いで見直してみる。

なぜトルガンが、選択の儀からカイを外そうとやっきになるのか、その理由がわかった気がした。

「さてと、ここまでは順調すぎるほど順調だな。だが、本番はこれからだ。プライドの高いトルガンがここまでこけにされて黙っていられるはずがない。今晩必ず動きがあるはずだ、そこで逆に尻尾を摑《つか》む」

「動き、ですか」

「ああ、油断するな」

そう言うと、カイは執事に客間の確認を命じた。部屋のどこかに罠《わな》がしかけられていないか警戒しているようだ。

私は邪魔にならないよう隣のベッドルームに移動する。

広いベッドルームにベッドは二つ。初めて見る天蓋付きベッドの美しいひだを眺めながら、なんとなくドレスのポケットバッグに手を差し入れた。

別に大した意味はない。ほんの少し、ポケットに違和感を覚えただけ。しかし、指先はすぐに違和感を具体的な感触として捉える。摘まんで引きずり出してみると、

「手紙……？」

それは折り畳んだ小さな紙片だった。もちろん自分で入れた覚えなどない。

開いてみれば、折り目に沿って癖のない字が認《したた》められていた。

『午前二時中庭へ　誰にも言わず一人で来られたし　貴方の過去と未来を知る者より』

両目がまた強く熱を発する。

カイの言う『動き』とやらは、もうすでに始まっているのかもしれない。


深夜の中庭は、静寂が黒い水のように垂れ込めていた。

時刻は午前二時ちょうど。足音を忍ばせて芝生を踏むと、広い中庭を駆け回る風が背の高いイチイの木をざわざわと揺らした。

「来てくれたんだね、ルチェラ殿」

イチイの幹に張り付いていた人影が、まるで夜風に引き剝がされたかのようにゆらりと動いた。私は恐怖心に抗《あらが》うように、あえて一歩進み出る。

「やはり手紙をくれたのはあなたでしたか、グリーエル公爵」

「メルベイユでいいよ」

メルベイユ・グリーエルは暗闇の中でもそれとわかるほど口の両端を持ち上げた。

「約束通り、誰にも言わずに来てくれたようだね」

「……はい」

「ありがとう」

正直迷った。あのまま手紙を握り潰してもよかった。でも、そうしなかったのは、『過去と未来を知る者』

あの言葉がどうしても無視できなかったからだ。

「こっちに来てくれるかい、ルチェラ殿」

「その前に教えてください。あなたは私の何を知っているのですか？」

「知っていること……例えば、これはどうだろう。君はカイの婚約者ではない」

心臓がとくんと一つ跳ねた。

「違うかい？」

落ち着け、大丈夫だ。このくらいならなんでもない。

「……なぜ、わかったのですか」

「まあ、アレとは長い付き合いだからね。すぐに嘘《うそ》だとわかったよ」

メルベイユが一歩足を踏み出し、私も同じ分だけ後退《あとずさ》った。

「他には何を？　メルベイユ様、あなたは本当に私の過去を知っているのですか？」

「もちろんだ」

また夜風が中庭を駆け抜けて、イチイの枝をざわつかせた。

その風に乗るようにメルベイユは素早く距離を詰め、私の手を取った。

「何を」

「ルチェラ殿。あなたの過去、そしてあなたの未来は――」

逃げられない。メルベイユはすさまじい力で私を引き寄せ、

「俺の運命と共にある！」

空いたほうの手で一輪の薔薇《ばら》の花を差し出した。


「…………ん？」


「えーっと、あの、メルベイユ様？」

「ルチェラ殿、あなたのような美しい女性は初めて見た」

「待ってください」

「いや、美しさだけではない。あの状況、あの場面で臆することなく賽《さい》を振る強さ、気高さ、全てが俺を魅了した」

「待って待って。本当に待ってください、メルベイユ様」

「いや、待てない！　俺には君が必要なんだ」

いーえ、待ってもらいます。私には確認が必要なんです。

「あ、あの、メルベイユ様。状況が全く呑《の》み込めないのですが。一度手を離していただけないでしょうか」

「それは無理だ。なぜなら俺は君を愛しているから」

なぜなら、とは？

「言葉をお間違えではないですか？　私の思い上がりでなければ、愛の告白を受けているように思えるのですが」

「愛の告白じゃない」

違うんだ、びっくり。

「これは、全力の愛の告白だ」

ああ、余計な一ターンが。余計な会話の一ターンが。

「ちなみにお聞きしたいのですが、私が受け取ったあの手紙はいったい？」

それはそれは意味深で、謎めいたお手紙の正体とはいったい？

「俺の恋心を認めた、恋文だ」

ナンパかいっっ！　紛らわしっ。何をしてくれてるんですか、この方は。よりにもよってこんなややこしい時に何をふざけた真似を。

「俺は本気だ。ルチェラ殿、俺と結婚してほしい」

あ、ふざけてはいなかったらしい。本気ではあるらしい。メルベイユの本気度は腕に込められた力の強さに表れている。いつの間にか腰に回されていた腕が、私の体をがっちりと抱き留めていた。

「離してください」

「君を愛している」

「今日会ったばかりなのにですか？　冗談はおやめください」

「じゃあ、何日経《た》てばいい？　何日経てば俺の愛を認めてくれる？　それがどうして今日ではいけないんだ」

「それは」

「カイは、一人の女を愛することができない男だ」

「え？」

「アレとわずかでも一緒にいたならわかるだろう。アレは政事しか頭にない男だ。万人のことしか考えられない。でも、俺は違う。俺はあなただけを愛してみせる」

「ご冗談を……」

　言っているのではないのだろう。瞳に籠る熱は一時の劣情で湧き出るものではなさそうだ。また、夜風がイチイの木を揺すった。

　葉っぱの音に誘われて、ふと馬鹿げた考えが頭をよぎる。この告白を受け入れてしまったら、私はどうなるのだろう。このままメルベイユ様に身を全て委ねてしまったら。

　念願叶《かな》って暴風公爵の手を離れることができるのだろうか。そうして、跡継ぎ騒動から身を引けば誰かに命を狙われることもなく、自分の過去に苛《さいな》まれることもなくなるのだろうか。目覚めて六日、思えば息をつく暇もなかった私の日々に平穏が訪れるのだろうか。

そんなことを考えながら、

「手を離してください」

私は体に馴染《なじ》まない腕からの解放を願った。

「ルチェラ殿」

「お願いです、メルベイユ様。あなたの愛には応えられません」

「なぜだ？」

なぜなのか、そんなの決まっているじゃないですか。

「私は、カイ様のフィアンセだからです」

……もちろん、お芝居の上でだけど。

「確かにカイ様は万人のことしか考えられないお方かもしれません。でも、そのために一人を犠牲にするとも思えません。私もちゃんと幸せな万人のうちの一人に含めてくれるはずです」

「……そうか」

また、イチイの枝が風に揺れた。腕に籠る力が抜け落ち、メルベイユは私から手を離して一歩後ずさる。諦めたのかと思いきやしかし、その目にはまた別種の決意が宿っていた。

「それなら、俺にも考えがある」

内ポケットにそっと指を差し入れるメルベイユ、その仕草に合わせるように夜の中庭に足音が走った。気が付くと、闇から出現した男達が周りを取り囲んでいる。

つい昨日、市場に現れた刺客と同じ黒ずくめの男達だった。

「そんな、メルベイユ様……」

「ルチェラ殿」

公爵はもう笑ってはいなかった。眇《すが》めた目でぐるりを見回し、ゆっくりと私の肩に手をかけ、耳元で囁《ささや》きかける。

「彼らは、誰ですか？」

……はい？

「ラグフォルツ家の護衛ですか？」

……は？　え？

「えっと、その、メルベイユ様の部下では？」

「知りません。なんか、急に出てきてすごくびっくりしたのですが」

「ウソウソ、だって、さっき俺にも考えがあるって仰《おっしゃ》ってましたよね？」

すごく意味深な表情で内ポケットを探ってらっしゃいましたよね？

「ええ、断られた時のために一応……別の恋文を」

うわー、二通目出てきた。紛らわしい！　さっきからこの人、ず——っっと紛らわしい！

ただ、困惑しているのは私と彼だけではないようだ。黒ずくめの男達からも同様の気配が感じ取れる。すでに剣は抜いているものの、お互いに顔を見合わせるだけで襲ってくる素振りがない。

「おい、グリーエルがいるぞ、どういうことだ」

「知るかよ。やっぱり、あのキザ男の言うことは信用出来ねえ」

「とにかく言われた通り女を殺《や》ればいいんだろう」

漏れ聞こえる会話から察するに、やはり彼らはメルベイユとは無関係であるらしい。そうとなれば話は早い。

「メルベイユ様、奴らの狙いは私です。私から離れてください」

そう言って、私は前に進み出るが、

「申し訳ない、その願いだけは聞けません」

貴人とは、おしなべて女の言うことを聞かない人種らしい。メルベイユはさらに私の前へと進み出た。

「ルチェラ殿、あなたは俺が命に代えても守ります」

「メルベイユ様……」

信じられない。こんな公爵がいるなんて。申し訳ございません、メルベイユ様。私はほんの少しだけあなたを疑っていました。私を欺き殺そうとしたのではないかと。

「ただ、私もむざむざ殺されようと前に出たのではありません」

「ルチェラ殿？」

私はヒヤリとした庭の空気を肺いっぱいに吸い込むと、全てを声に変えて吐き出した。

「カイ様、今です！」

「わかっている」

先ほどから揺れに揺れていたイチイの枝が今日一番の揺れを起こし、

「──ぐわっ」

上から暴風公爵が降ってきた。

着地と共に一人の刺客を気絶させ、素早く私の前に立つ。

「二人とも怪我《けが》はないな？」

「カ、カイ、お前どこから降ってきた」

「見てただろう、上からだ」

「そもそもなんで上にいる！」

ああ。ごめんなさい、メルベイユ様。私、嘘《うそ》は吐《つ》いていないのです。修道女ですので。

嘘は吐けませんので。いただいたお手紙のことだって決して誰にも話していません。

……見せはしましたが。

「説明は後だ、メルベイユ。今はまずこいつらの始末だ」

カイが眼光を閃《ひらめ》かせると刺客達の動揺に拍車がかかった。

「暴風公爵だぞ！　怯《ひる》むな」

「打ち取れ！　名を揚げろ」

言葉だけは勇猛だが、すでに戦意は喪失しているようだ。構える剣の型が、無意識に攻撃から防御のそれに変わっている。

「お前達、選択を誤るなよ。逃げれば追わん。だが、襲って来れば……絶対に殺す」

夜の闇よりもさらにどす黒い殺気を見た気がした。同じものを感じたのだろう、

「退《ひ》けっ」

刺客達は出てきた時と同じ速さで暗闇に逃げ込んだ。

「待て！」

「追うな、メルベイユ」

「しかし」

「捕虜なら一人確保している。これ以上は無用だ。ニコラ、こいつを縛り上げておけ。自害もさせるな」

「はい」

刺客と同じように暗闇から現れたニコラが、手早く気を失った賊を縛りにかかる。

「よし、まんまと狂牛が釣り出せたか。この男からはさぞ面白い話が聞けるだろう。ご苦労だった、ルチェラ」

「……はい」

唯《ただ》一人、状況についていけないメルベイユがカイに食ってかかる。

「いや、待て待て。お前何を言ってるんだ」

「そもそも、お前いつから木の上にいたんだ。さては俺の告白を邪魔する気だったな」

「するか、そんなこと。お前こそどういうつもりなんだ。人のフィアンセを口説こうなどと、それが貴族のやることとか」

「そんな嘘に騙《だま》されるか。ルチェラ殿はお前を真《まこと》の婚約者とは認めていない」

「知るか。ルチェラはもう俺のものだ。本人の意思は関係ない」

いや、絶対関係はあるでしょう。またしても、この暴風公爵は人を物みたいに。マジでグリーエル家に行ったろかしら。

不毛な言い争いを続ける貴人二人を見ていると、溜息《ためいき》を抑えることができなかった。

「今日は安眠を邪魔することばかりが起きますね、ルチェラさん」

そんな私に、賊を縛り終えたニコラが悪戯《いたずら》っぽく耳打ちする。

「そうですね、でも、色々ありすぎて疲れたから逆にすぐ眠れるかもしれません。ただ、もし首尾よく夢が見られたとしても、私なんかの証言が役に立つのでしょうか」

「あなたの証言とここでねんねしている彼の証言を合わせれば、黒をグレーまでは持っていけると踏んでいるのでしょう。悪くない線だとは思いますが……まあ、そう上手《うま》くは行かないんですよね」

そう言うと、ニコラは縛り上げた賊を仰向けにひっくり返して、懐からナイフを取り出した。

白刃が夜の闇に糸を引く。

「ニコラさん？」

その顔は暗闇に紛れて判然としなかったけれど、多分笑っているのだと思った。

笑ったまま賊の胸にナイフを刺し入れた。

……え？

「ルチェラさん。トウモロコシ、ありがとうございました」

……え？

「あなたに会えてよかったです」

何を、しているんですか、ニコラさん。なんで、賊を刺したのですか？

聞かなくちゃ。声をあげなくちゃ。悲鳴を上げなくちゃ。

わかっているのに声が出ない。喉が風を通さない。

ニコラは、まだ笑っていた。

「坊や達、何を騒いでいるの。寝られやしないわ」

夜中の二時にしては言い争う声が大きすぎたようだ。寝間着姿のローリーとその後を追う従者達が中庭に降りてきた。その後ろにグリーエル家の人影も見える。

今だ。言わなくちゃ。声をあげなくちゃ。

「だいたいな、メルベイユお前はやり方が男らしくないんだ」

なのに、この方達はいつまで言い争っているのだろう。

「恋文を書くにしても女のポケットに忍ばせるやつがあるか。スリの類《たぐい》じゃあるまいし」

それはちょっと思ったかもしれない。とくにポケットバッグはちょっと。ああ、違う。

そうじゃない。言わなくちゃ、早く伝えなくちゃ。でも、喉が開かない。声が通らない。

「ポケット？　なんのことだ。俺はそんなことはしていないぞ」

「この期に及んで嘘をつくな。本人から直接見せられたんだぞ」

「嘘じゃない。だいたいポケットに手紙をねじ込むなんて真似《まね》が出来るわけないだろう。

俺はドレスのポケットがどこにあるのかも知らないのだぞ」

「それじゃあ、お前はどうやって手紙を渡したんだ」

カイが声のトーンを落としてそう尋ねる。

「決まっているだろう、手渡したんだ。ルチェラ殿に届けてくれと、ニコラに」

「……ニコラ？」

は、どこに行った？

ほんの一瞬、目を離した隙だった。美麗の執事の姿が消えていた。暗闇に笑顔の残像を残したまま。

「ニコラ、どこだ！」

カイの呼び声が答える者もなく虚《むな》しく夜の中庭に響き渡る。

「ルチェラ、ニコラを見たか？」

「……み、見ました。私――」

「ルチェラ？」

「私っ――」

「どうした、ルチェラ」

喉が通った瞬間吐き気がこみ上げてきた。食道を痛みが走る。カイがすぐに背中をさすってくれた。

「坊や、何かあったのかい？」

カイはローリーに何も答えずもう一度辺りを見回した。しかし、いない。いつも影のように従っていた従者の姿が忽然《こつぜん》と消え失《う》せた。縛り上げていたはずの、刺客と共に。

その時、夜の闇に轟音《ごうおん》が鳴り響いた。

それはまるで、城門が開くような音。続いて軍隊がなだれ込んでくるような音が続き、周りを幾重にも取り囲むような音が聞こえた。

「……なんだ、貴様ら」

顔を上げると、想像通りの光景が広がっていた。私達の周囲を完全武装で包囲する兵士達。トルガンの兵ではない。その甲冑《かっちゅう》は暗闇に反旗を翻すような白で統一されていた。

「白綾《しらあや》騎士団……王家直属の近衛《このえ》軍がなぜここに」

訝《いぶか》しむカイに向かって一人の兵士が進み出た。

「申し上げます。本日〇時、神託者の選定が完了し、我々王家近衛軍は一時的に神託者の直属となりました。以後、私の言葉は神託者の言葉と思ってお聞きいただきたい」

「神託者だと？」

三公爵が互いの顔を見合わせる。

「明けより、選択の儀を開始いたします。八公爵にあられてはこの報を聞き次第、速やかに参内されたし。そして――」

兵士はわざわざそこで言葉を切ると、私の肩を抱いているカイに向かって言い放った。

「カイ・ラグフォルツ公爵。あなたを聖皇帝暗殺の罪で拘束いたします」

七章　当日

夜通し南下していた馬車がローゼ川を越えてから東に向きを変えた。

神の涙に沿うようにして朝日を受けて走り続ける。胸がどんどん重くなるのは、乗りなれない軍用馬車に酔ったわけでも、左右を固める兵士に威圧されているからでもない。

この馬車の目的地がもう見えているからだ。

ローゼ川の終着点、群青色の湖が朝日をキラキラと跳ね返している。白壁がピンク色に染まり、赤紫の雲を断ち切るように尖塔《せんとう》が伸びていた。

馬車は止まることなく石橋を通過していく。


デクレッシェンドで揺れが収まり、左右の兵に無言で下車を促された。繊細な彫刻の施された石畳に足を下ろした瞬間、足の裏に電撃が走るようだった。

また、この場所へと戻ってきた。私の始まりの場所。

ルチェラとして目を覚まし、初めてここを訪れた時から、いつか戻ってくるのだろうと思っていた。この国の愛と慈しみと友愛と信仰を一手に担う聖地ウォーカイル大寺院、そ

の象徴ともいえる大階段の前に私は立たされ、

「ルチェラ、無事か」

別の馬車から降りてきたカイがすぐ横に寄り添った。

「カイ様……」

「何もされていないな、ルチェラ？」

「はい」

「よかった」

涙が出そうになった。この人はどうしてこんなに雄々しいのだろう。腕に枷《かせ》をはめられて、周りを敵兵に囲まれて、どうしてこんなに優しく笑いかけることができるのだろう。

「ルチェラ、お前は何もするな。俺が必ず助ける」

「はい」

その胸に飛び込んでいきたい衝動をどうにかこらえ、私は大階段を見上げた。最上段に純白の祭服を纏《まと》った長身の男が姿を現したからだ。

ああ、天使様がいる。

初めて会った時と同じ錯覚に襲われた。頭に被《かぶ》った宝冠が降り注ぐ朝日を砕いて跳ね返している。珍しく縛りを解いた金髪が胸に流れ、同じく朝日に輝いていた。

「静粛に！　神託者の御前である」

白綾《しらあや》騎士が聖地に相応《ふさわ》しくないがなり声をあげる。

神託者。

その呼び名を当然のように受け取って、ニコラは文字通り天使が顕現したかのような神々しさでもって私達を見下ろしていた。

「ニコラさん？　そんな……どういうことですか？　なぜ、あなたが神託者と」

「…………」

ニコラは何も答えない。ただ、神の代理たる威厳を漂わせたまま佇《たたず》むのみだ。

「なるほど、そういうことか。アレクサンドラ皇后も思い切ったものだ。そんな茶番が通ると本気で思っているのか」

カイは頭《こうべ》を垂れることもなく大階段の段差をやすやすと飛び越えるほどの上から目線で問いかけるが、

「…………」

それでもニコラは答えない。感情の消えた顔でかつての主《あるじ》を見下ろし、

「全て神の御心のままに」

言葉少なく意思を示して踵《きびす》を返した。

「ニコラ！」

砲撃のような怒声がその後を追う。

暴風公爵は即座に白綾騎士団に取り押さえられ数人がかりで連行されていった。

「カイ様！」

私は私で同じく複数の騎士に自由を奪われ、カイとは逆方向に引きずられる。

「ルチェラ、必ず助ける」

去り際、振り返ったカイの目がいささかも光を失っていなくて、また泣きそうになった。


重苦しい鉄扉が軋《きし》みを上げて開き、戸口からかまぼこ形の懲罰房が覗《のぞ》いた瞬間、心臓が止まりそうになった。呼吸が一気に浅くなり、全身から脂汗が湧いてくる。

「歩けっ」

白綾騎士に背中を押されても足は前に進まなかった。ウォーカイル大寺院の闇、懲罰房。

私の体は確かにこの場所を覚えていた。

突き飛ばされるようにして、房の中に入れられる。

「やめてっ！　閉めないでっ！」

私の叫び声が狭い部屋に反響して鼓膜を打つ。嘆願の言葉を跳ね返して重い扉は閉められた。

恐怖が脳を貫いた。涙が眼球を押し流すように溢《あふ》れ出す。指で拭おうとすると、ガタガタと震える爪が頬を搔《か》いた。

叫び出しそうになる瞬間、外の扉が開き階段を上ってくる音が聞こえた。誰かがここに上がって来ようとしている。ややあって鍵の開く重い音が響き、鉄扉がゆっくりと動き出した。隙間から金色の長い髪が覗く。

「ニコラさん！」

戸口に立ち塞がるようにして、祭服姿のニコラが懲罰房に入ってきた。

「出して、ここから出してください！」

「……できません」

感情の籠らない声でニコラは冷然と撥《は》ね付ける。

「お願い、出して。カイ様に会わせてください」

「閣下は――ラグフォルツ公爵は大聖堂に連行されています。すぐに選択の儀が始まりますので。あなたには全てが終わるまでここで大人しくしていてもらいます」

選択の儀？　何を言っているんだ。状況に頭がついて行かない。この人は、本当にニコラなのか。

「……なぜ、あなたが神託者と呼ばれているのですか」

「神託者は、その血筋を受け継ぐ一族の中から儀式の度に選ばれます。そして、今回は私が選ばれた。それだけのことです」

「神託者の血筋……ラグフォルツ家の執事がなぜ？」

「私の出自については、以前お話ししたでしょう」

「もしかして、前に言っていた不思議な力を持つ一族って」

市場で言っていたニコラの言葉が頭に蘇《よみがえ》った。

ニコラの家は代々不思議な力を持つ者を輩出する家系だと。そして、その力を王家に捧《ささ》げることによって辛《かろ》うじて生き延びて来たのだと。

でも、同時にその力がとうに絶えているとも言ってたはず……。

「力が絶えた我々は、ただの王族の犬です。犬になることによって生き永らえてきました」

自嘲気味に笑ってニコラは言った。

「ワンと鳴けと言われれば鳴きます。今日から神託者になれと言われれば従うしかない」

「まさか、次期皇帝まで皇后様に指示されているのですか？」

『トルガンにはもう一つ強力な勢力の後押しがあるのかもしれん』、以前にカイが言っていたセリフを思い出した。トルガンは教会だけでなく皇后様とも繋《つな》がっていたのか。

いや、そもそもの黒幕が皇后様なのか。

「やっぱり、メルベイユ様の言う通りだった。選択の儀なんてただの茶番じゃないですか」

「そうですよ。皆がそれを受け入れればなにも問題は起きなかった。カイ様がいけないのです。次期皇帝になろうなどと望まなければ、ああやって拘束されることもあなたが命を狙われることもなかった。公爵の地位で満足さえしていればよかったものを」

「いつからですか？」

「はい？」

「あなたはいつから皇后様と通じていたのですか？」

「最初からです」

平然とニコラは答えた。

「言ったでしょう、我々の一族は王族の言いなりなのです。スパイとして王家のために諜報《ちょうほう》活動を行えと言われればそうします。マルジョッタ皇国のあらゆる地域、あらゆる貴族家に我々の一族は入り込んでいます。王家の繁栄のために」

「裏切り者！」

私の叫び声が狭い房に反響した。

ニコラは何も言わずに踵を返す。また耳障りな軋みを上げて鉄扉が閉じられた。

「裏切り者！」

繰り返し発した罵声は扉に弾《はじ》き返されて懲罰房に虚《むな》しく響いた。私は膝から崩れ落ち、掌《てのひら》で思い切り扉を叩《たた》いた。何度も何度も。掌がジンジンと熱を持つまで。

悔しくて仕方がなかった。

ニコラが裏切り者だった。ずっとカイ様を謀っていた。ずっと私を欺いてた。

お日様のような微笑《ほほえ》みも、時に見せる悪戯《いたずら》な表情も、カイに対する忠誠も、懐かしげにトウモロコシを齧《かじ》ったあの顔も、何もかも全てが偽りだったなんて。

「……そんなことあるはずないでしょう」

噛《か》みしめた奥歯がぎりぎりと音を立てた。

「違う違う違う」

そんなこと、あり得るはずがない。

ニコラがもし初めから完全にカイを裏切っていたのなら、百パーセント皇后の利益のためだけに動いていたのだとしたら、今頃私が生きていられるはずがない。

きっと何か事情があるはずなんだ。皇后に表向きだけでも従わなければいけない理由が。

それを話してもらえないことが、全てを一人で抱え込もうとしていることが、たまらなく悲しくて悔しかった。

「ああ、神様……」

その名を口にしたのは何度目だろう。

呼びかけに答えるように、背後に何かの気配を感じた。

何かが近付いてくる。入口からではない。窓の外からだ。

ありえない。懲罰房は高い尖塔《せんとう》の頂上に作られている。外からは誰も近寄ることが不可能なはずだ。

なのに、来る。

人間業ではない。それは天使のように真っ白い羽を羽ばたかせ、鉄格子の嵌《はま》る窓に細い足を下ろし、

――クックッ。

と鳴いた。

「ポッポ……？」

一羽の鳩《はと》がそこにいた。天羽教《あまはね》の教会ならどこでも飼われている白い鳩。シスターニーナが愛情を持って育てていた鳩。一羽じゃない、次から次へと、房の窓に殺到してくる。

「あなた達、なんで？」

私を励ましてくれているの？　慰めてくれるの？

「ありがとう――ペル、ピン、オッポ、ネムネム、クッキー、プンプン」

名前もわかる。顔だってわかる。みんな私の友達だ。

涙が零《こぼ》れ落ちた。とめどなく溢れる涙に染められていくように、目の色が変わっていくのがわかった。

そうだ、あの時もポッポがいてくれたんだ。懲罰房に閉じ込められ、絶望の最中にいたあの時も。

目が熱い。また頭に映像が流れ込んでくる。シスターニーナの記憶が蘇る。

あの日も鉄扉は乱暴に開かれた。鳩達を追い散らそうとするように。入ってきたのは、イッター様。亡くなった修道院長だ。あの時も酷《ひど》く怒っていた。

『シスターニーナ！　皇后様のご命令だ。今日こそうんと言ってもらうぞ』

『……嫌です』

『汚らわしいペテン師の一族め。まだ痛い目に合いたいのか！』

『…………』

『お前が何を言ったところで計画は止まらん。今夜だ。今夜、聖皇帝《せいこうてい》はローゼ川で殺される。後はお前が選択の儀でトルガン公爵を選ぶだけ。それが皇后様のご意志なんだ』

『嫌です』

『この恩知らずめ。お前が資格を持っているから今まで飼ってやっていたものを。とにかく、計画に変更はない。皇后様に否とは言えん。薬を飲ませてでも意のままに操ってやる』

『やめて！』

『ふん、気味の悪い眼だ。だが、その眼こそが神託者の――』

――ガタン。

と響いた重い音に邪魔されて、頭の中の映像が途絶えた。また誰かが来る。今度こそ人の気配だ。誰かの耳を恐れるように控え目な足音が上がってくる。

ややあって、房の扉が静かに開き、

「やはり、戻ってきてしまったのですね、シスターニーナ」

一人の修道女が隙間から滑り込んできた。その顔に確かに覚えがあった。

「あなたは……あの時の」

確か、シスターイザベラといったか。五日前にウォーカイル大寺院を訪れた時に、シスターニーナについて教えてくれた、あの修道女。

「どうして、ここへ」

「また鳩達が教えてくれました。あなたが帰ってきてしまったことを」

「また？」

「何も喋《しゃべ》らないで。私はただ、あなたのために祈りを捧げにきただけです」

そう言うと、シスターイザベラは跪《ひざまず》き祈りの言葉を唱え始めた。俯《うつむ》き目を閉じ、房の扉は開いたまま。人が一人通れるようにわざわざ体を端に寄せて。

「シスターイザベラ？」

逃げろと、言っているのですか？

シスターイザベラは何も答えない。ただただ一心不乱に神に祈るだけ、身を賭して己の誠実さを示すように。

「ありがとうございます」

祈りの姿勢を崩さないシスターイザベラの横を抜け、懲罰房から抜け出した。

途端に枷《かせ》が外れたかのように頭と体が軽くなる。

そうか、そういうことだったのか。ずっと疑問だった。ただの修道女でしかないシスターニーナがどうやって懲罰房を抜け出せたのか。シスターイザベラ、あなたが……。

『逃げなさい』

その言葉を祈りに込めてシスターニーナのために、今と同じことをしたのだろう。

でも、彼女は言いつけを守らなかった。逃げずにローゼ川の石橋に向かった。

聖皇帝の暗殺計画を修道院長から知らされていたから。修道女として、これから殺される人を放っては置けないから。そして、崩落に巻き込まれた。

振り返ると、シスターイザベラはまだ祈りを続けていた。

房の中で、白い鳩に囲まれて祈り続けるその後ろ姿は、天羽教の信条である慈しみと友愛の象徴のように見えた。

ありがとう。そして、ごめんなさい。シスターイザベラ、今回も私はあなたの言葉に従えそうにないです。

私にはまた、救わなくてはいけない人がいるから。


懲罰房を飛び出して大寺院の中を走りに走った。

『シスターニーナよ！　魔女が脱走したわ！』

『シスターニーナ、懲罰房に戻りなさい』

やはり修道女の大半は、私が一度懲罰房から逃げ出したことを知らないままだったらしい。寺院はまるで猛獣でも脱走したかのような大騒ぎになった。

しかし、

『ひい、魔女の目よ！』

『こっちを見ないで』

ギラギラと輝く金色の眼《め》が今度ばかりは役に立った。誰も私を捕まえようとしない。それどころか、近寄れば悲鳴を上げて逃げて行く。いつもは忌々しい眼に感謝しつつ、寺院内を駆けに駆けた。

『ええ、あれシスターニーナなの？』

『あの格好はなに？』

それにしても、懲罰房からパーティードレス姿で駆け出てくる修道女はさぞかし異様に映ったことだろう。彼女達の驚きを想像すると、場違いだけど少し笑えた。

いや、笑っている場合か。向かうは大聖堂だ。

大聖堂は湖に浮かぶウォーカイル大寺院の奥の奥、急がないと選択の儀はもう始まっているはずだ。正面にはきっと白綾騎士の護衛がいるだろう。潜り込むなら搦《から》め手から。道筋はシスターニーナの記憶が教えてくれた。神様、お願いです。間に合わせてください。祈りながら大聖堂の裏手に回った。途端にドレスのスカートが湖からの風に煽《あお》られてよろけそうになる。

危ない。大聖堂の裏はすぐに切り立った崖になっている。見下ろすと遥《はる》か下にガラスのような湖面が見えた。

だめだ、高さは気にするな。そう自分に言い聞かせ、大聖堂の壁に据えられている補修用の梯子《はしご》を摑《つか》んだ。ここから二階分の高さを登れば、

「見えたっ」

明り取りの窓から吹き抜けの大聖堂が見えた。

中には、祭服を纏《まと》った公爵が七人、祭壇の前に並んでいる。

その前に立つのは一際豪奢《ごうしゃ》な祭服を纏う神託者と、全身黒一色の喪服を纏う女。その顔はベールで完全に覆われていた。

「あれが、皇后アレクサンドラ様か」

皇后はこの場の支配者然とした佇《たたず》まいで、二階の窓まで通る声を発した。

「――以上、古の慣わしに従い、只今《ただいま》より選択の儀を執り行う。なお、聖皇帝の権限は先例通り神託者に委譲されている。ここからは皆、神託者の声を聞き、その選択に従え」

居並ぶ公爵達が一斉に礼を取った。

誰もが深々と頭《こうべ》を垂れ、儀式への忠誠を示す中、

「皇后様、一言よろしいですかしら」

ただ一人、直立不動の姿勢を崩さない女がいた。筆頭公爵クラリッサ・ローリーは年に似合わない声量で質問を発する。

「叡智《えいち》を信条とするローリー家の当主として、古来の慣わしであり何より国の定める法であれば、選択の儀に従うことにやぶさかではございません。しかし、それは今日の前に立っておられるお方が、本当に神託者たる資格をお持ちである場合のみです」

「え、ちょ、ローリー様」

「それを示していただかなければ我々としてもおいそれと従うことができません」

「ローリー様、ローリー様」

顔色を変えるメルベイユに何度も袖を引かれるが、老貴人は意にも介さずニコラを見据える。

「いかがかしら、神託者殿。あなたは自分が神と意志を同じくする者だと証明できて?」

「ローリー、そなた……」

「もちろんです」

声を震わせる皇后を制するように、ニコラは一歩前へ進み出た。

「こちらをご覧ください」

そう言ってニコラは背後の壁を指し示した。私の角度からはよく見えない。思いきって窓を押し開け、体をねじ入れると……ああ、見える。ギリギリ見える。

大聖堂の壁に一枚の大きな絵画が張り出されていた。見た瞬間、声が出そうになった。

あの絵は知っている。カイに連れられて行ったケケナの村の畑、その奥にあった祠《ほこら》のレリーフと同じ絵柄だった。

「この絵は七百年前に行われた最後の選択の儀の記録です。中央に描かれているのが神託者、そしてその腕に記された痣《あざ》と同じ物が私の腕にもございます」

そう言って、ニコラは自ら腕を捲《まく》って絵と同じ痣を露《あら》わにして見せた。この七日間一緒にいて初めて見る痣だった。

「……何かと思えば、しょうもない塗り絵をこさえたもんね」

「ローリー、何か言ったか」

老貴人の呟《つぶや》きを皇后が聞きとがめる。

「いーえ、何も言っておりませんよ……アバズレの小娘が」

「であれば、いい……妖怪ババアめ」

ここからでは語尾までは聞き取れなかったけれど、何か剣呑《けんのん》な応酬があったことだけは周りの貴人達の顔から想像できた。

「異議がないようですのでこのまま選択の儀を始めたいと思います。しかし、その前に聖皇帝の権利を委譲された者として、糾弾しなくてはいけないことがあります。前皇帝アディマ様殺害の罪に問われる者、カイ・ラグフォルツ公爵閣下を連れてきてください」

神託者の呼び声に応えて大聖堂の扉が開かれ、神事に不釣り合いな夜会服を着て手枷《てかせ》を嵌《は》められた暴風公爵が連行されてきた。

ああ、カイ様。だめだ、まだ泣くな。まだ顔を見ることができただけだ。無事な姿を見ることができただけだ。まだ、泣いてはいけない。

カイは両腕を白綾騎士に摑まれたまま、かつての執事の前まで進み出た。主人と執事、罪人と神託者。一晩で立場の変わった二人はしばし無言で見詰め合い、

「カイ・ラグフォルツ公爵、何か申し開きはありますか」

「ある。アディマ様を殺したのは俺ではない」

カイは決然と言い切った。

「では、誰が殺したというのでしょうか」

「そこにいる男、トルガン公爵だ」

視線で射殺すように、カイは長髪の髭面《ひげづら》を睨《にら》み付けた。

居並ぶ公爵達に僅かな動揺が走るが、それも一瞬、

「これはこれは。よりによって同じ公爵の俺に罪を擦《なす》り付けようとするとは、誠実の二文字を賜ったラグフォルッ家の名も地に落ちたものよ」

トルガンは身じろぎもせず、むしろ愉快とでもいうように口の端を上げて糾弾の視線を受け止めた。

「そこまで言うのであれば、もちろん証拠があっての話だろうな。もしくは、証人でもいるというのか」

「…………」

カイは何も言葉を返さない。トルガンは己の勝利を確信したように声を張り上げ、

「どうなんだ！　カイ・ラグフォルツ！」

「証人ならここにいます！」

私は無我夢中でそう叫んだ。全員の目が一斉に明り取りの窓に注がれる。

――あ。

その瞬間、湖からの突風を背中に受けた。ひらひらふわふわのドレスは、まるで凧《たこ》のように風に乗る。

嘘《うそ》でしょ。そう思う間もなく私の体は宙に投げ出された。そのまま大聖堂の床へと真っ逆さまに叩《たた》き付けられる、

「ルチェラ！」

その寸前で抱き留められた。幾度となく私の体を抱き締めてきた腕。

白綾騎士を振り払ったカイが私の体を受け止めてくれていた。

「カ……カ……カイ様」

「ルチェラ。お、お前、いきなり出てきて何してるんだ」

「……た……た……た」

「何？」

「助けに……来ました」

「はあ？」

カイは惚《ほう》けた顔で窓を見上げると、

「誰が誰をだ？」

一瞬、状況を忘れたように私の大好きな笑みを漏らした。

ああ、どうしよう。幸せになってしまう。胸が、甘くて温かい物で満たされてしまう。

今は決してこんなことを思っている場合ではないのに。思うべきでもないのに。それでもやっぱりこの気持ちを抑えることができない。

私はこの笑顔が大好きだ。この人が大好き――。

「なんだ、この女は！　衛兵、ひっとらえろ！」

もう、うるさいです。せっかく幸せだったのに。もうちょっとだけ、私の好きなカイ様の笑顔を見ていたかったのに。

トルガンの迷惑な一声でカイの顔に緊張が戻った。振り払われた白綾騎士が即座にこちらに駆け寄ってくるが、

「うわ、なんだ。この目は！」

私の一瞥《いちべつ》を受けて、滑りこけそうになりながら足を止めた。

「こいつ魔女だ！」

白綾騎士の悲鳴にも似た声が大聖堂に響く。一瞬、心がギュッと縮んだ。

――魔女。

この言葉に何度心を壊されたことだろう。何度踏みにじられてきたことだろう。

この言葉を聞く度に私は怯《おび》え、下を向いて逃げてきた。

「私は魔女ではありません」

でも、今日は違う。今日だけは私は逃げない。

懲罰房での記憶を取り戻したから。修道院長の言葉を思い出したから。自分が何者かを思い出したから。

「ルチェラ」

そして、何より隣にカイがいてくれるから。

「皆さん、聞いてください」

ギラギラと光る眼《め》をむしろ誇示するように、私は居合わせた全員に視線を走らせた。

誰もが金色の瞳に慄《おのの》く中、特別過敏な反応を示したのはニコラの陰に身を隠していた、皇后アレクサンドラ。そうだ、あなたにとってこの眼はさぞかし忌まわしいことだろう。

「私こそが、本当の神託者です」

「――違うっっ！」

皇后の金切り声が耳を劈《つんざ》いた。

「違う！　違う！　違う！　誰かその者を黙らせろ！」

ヒステリックな叫び声がむしろ耳に心地よかった。ありがとうございます、皇后様。あなたがそうして平常心を失えば失うほど、私の発言の信憑《しんぴょう》性は増していく。

「違いません。この金色の眼こそ神託者の証《あかし》です。この眼のせいで私は囚《とら》われ、儀式に手心をくわえるように迫られていました」

「でたらめだ！　いきなり出てきた女が神託者であるわけがない！　儀式への冒瀆《ぼうとく》だ！　即刻連れ出せ！」

ベールを吹き飛ばさんばかりに皇后が叫ぶ。しかし、白綾騎士は動かない。

「果たしてそうでしょうか」

ローリー筆頭公爵が割って入ってきたからだ。

「先ほど証拠として示されたあの絵を見るに、先代の神託者の目も金色に光っているように見えますわよ。これこそ何よりの証拠ではなくて？　少なくとも腕の痣みたいに、後でいくらでも書き足せるようなものじゃないでしょう」

「ローリー様、その言葉はあまりにも皇后様に失礼であろう！」

トルガンが必死に周りに訴えるが、

「失礼かどうかは今関係ないだろう。それより俺はさっきの証言の方が気になる。ルチェラ殿、あなたは儀式の不正を迫られたのか、誰にだ？」

メルベイユがすぐさまローリーの後に続く。

「亡くなった修道院長にです。房に閉じ込められ何度も迫られました。選択の儀でトルガン様を選ぶようにと、それが皇后様の意志であると」

「でたらめだ！」

「それはいつの話なの？」

皇后様の叫び声を無視してローリーが尋ねる。

「今から七日以上前のことです」

「それを聞いてルチェラ殿はどうしたのです？」

メルベイユが質問を続けた。

「房を抜け出してローゼ川に向かいました」

「なぜ、川に向かった」

カイが尋ねる。

「聖皇帝をお助けするために。イッター様から聖皇帝暗殺の計画を聞かされたからです。でも、間に合わず、私の目の前で聖皇帝は……」

「アディマ様を殺《あや》めたのは誰だ」

初めて見る顔の誰かが尋ねる。多分、八公爵の誰かだろう。臆することなく私は答えた。

「トルガン様です」

「いい加減にしろ！」

トルガンの叫び声が響いた。

「こんな嘘は聞いていられん。神託者なぜ何も言わん！　こいつらを黙らせろ」

怒りにまかせて怒鳴り散らすが、ニコラは湖面のような無表情を崩さない。そんなトルガンを侮蔑するようにカイは言う。

「その男はでっち上げだと言っているんだ。試しに腕を洗わせてみろ、そんな模様すぐに落ちるわ」

「黙れ！　こんな女が神託者のわけがない！　そっちこそでっち上げだろうが。言うだけなら俺でも言えるわ！　聞け、公爵達！　この女はとんでもない嘘つきだ！　修道女のくせに恥ずかしくないのか」

唾を飛ばし、目を血走らせて喚《わめ》きまわるトルガン。その姿を仲間の公爵達は不思議そうに眺め、

「――――」

湖のように凪《な》いでいたニコラの顔にシニカルな笑みが浮かんだ。

次の瞬間、大聖堂に小さな破砕音が響く。

「トルガン、もう終わりだ。諦めろ」

カイが手枷を破壊した音だった。いつでも力ずくで壊すことができたのだろう、カイは手首を摩《さす》りながらトルガンに迫る。

「お前は聖皇帝を待ち伏せし、橋を爆破し亡き者にしたうえ、目撃者である神託者をも殺そうとした。今、この瞬間に言い逃れはできなくなった」

「知らん！　俺は橋には行っていない！　こんな修道女も知らん！」

「では、なぜルチェラが修道女だと知っている？」

「……何？」

「ルチェラには修道院を脱出してから一度も修道服を着せていない。修道女だとも名乗らせていない。それなのになぜ、突然天井から降ってきたパーティードレス姿の女が元修道女だと断定できた」

「あ……」

ようやく、己の失言に気付いたようだ。トルガンの顔に苦悶《くもん》の色が差す。

「見たことがあるからだろう。修道服を着たルチェラを」

「ぐぐ」

「ローゼ川の橋の上で、皇帝を殺したあの日に」

「………」

「それ以外に、お前が修道服姿のルチェラと出会う機会はない」

トルガンはもう、うめき声すら漏らすことができなかった。

「あらあら、これはどう説明するのかしらねえ。トルガンの坊や」

「これは、やっちまったんじゃねえの、トルガン殿」

明らかに空気が変わった。ローリーやメルベイユを含めた公爵達の疑惑の視線は、今やトルガンにのみ注がれている。

「トルガン一人ではない」

今や場の空気を支配しているのはカイだった。勢いに乗り、手を緩めることなく宿敵を追い詰める。

「ここまで手の込んだ暗殺計画は公爵といえど手に余る。黒幕がいるはずだ」

すでに半ば明らかになっている黒幕を吐けと迫る。

「お前の口から吐け、トルガン」

「ぐう」

トルガンの顔が醜くゆがんだ。

その後ろに、いつの間に動いたのだろう。ニコラがひたりと寄り添っていた。

強烈な悪寒が背中を駆け抜けた。

「カイ様！」

「――――っ」

私が叫んだのと、トルガンが体をびくりと震わせたのはほとんど同時だった。

ややあって、唇から零《こぼ》れた血が口髭《くちひげ》を汚す。目から光を失い、ずるずると崩れ落ちるトルガンの後ろに立つニコラの手には、べっとり血に濡《ぬ》れたナイフが握られていた。

「トルガン様が！」

「てめぇ、ニコラ！　何やってんだ！」

「坊や！」

たちまち大聖堂が大混乱に陥った。刺されたトルガンに駆け寄る公爵達、皇后様の護衛に立つ白綾騎士、怒号と悲鳴と増援を呼ぶ声が入り乱れ、

「待て、ニコラ！」

混乱に乗じてニコラが逃げ出した。その後をカイが追い、そこにメルベイユが続こうとするが、

「お前は、皇后を押さえてくれ」

カイに制され足を止めた。その横を私は迷わず駆け抜けていく。

誰かの止める声が聞こえたけれど、私は走った。ふわふわとしたスカートが走るにすこぶる邪魔だったけれど、それでも必死にカイとニコラ、二人の主従を追いかけた。

「止まれ、ニコラ！」

カイにそう言われるまでもなく、ニコラは自ら足を止めた。大聖堂の裏手に逃げ場はない。すぐに切り立った崖に行き着く。遥《はる》か下はウォーカイル湖だ。

「ニコラ、動くな」

「…………」

崖下から吹き上げる風が金色の髪を弄ぶ。崖を背にしたニコラは目の端で後ろを振り返った。湖までは相当な高さがある。飛び降りて命がある保証はない。それでもニコラは膝に力を込め、

「二度言わせるな！　動くなと言っているだろう！」

カイの雷のような怒号がニコラの次の動きを制した。

「死ぬな、ニコラ」

その顔からいつもの暴風公爵の余裕は消えていた。縋《すが》るような表情でカイは言葉を続ける。

「皇后は押さえた。もうお前を縛る者はいない。だから、もうお前が死ぬ必要はない」

「カイ様、もしかして……」

気付いていたのですか、ニコラさんの素性に。

「…………」

ニコラは何も答えない。形のよい唇をきっと結んでカイを見つめていた。

「皇后が国中にスパイを放っているのは知っていた。当然ラグフォルツ家が例外でないこともだ」

やっぱり。ではなぜ野放しに？

「スパイといえど、全員が望んでそうなったわけじゃない。故郷の家を人質に取られ望ま

ぬ行為に手を染めるものだっているはずだ」

「人質？　そうなんですか、ニコラさん」

「そういうスパイは、皇后に怪しまれないよう最低限の諜報《ちょうほう》活動だけを行い、潜伏先の利益を守ろうとする。お前がやっていたようにだ」

「……さすが。お見通しでしたか、閣下」

ようやくニコラは唇を割った。青い空をバックに純白の祭服を纏《まと》ったその姿は、やはり天使のように見えた。

「俺のもとに来い。お前を縛る物はもうないだろう。望むものはなんでもやる」

「ああ、なんでもだ」

「なんでも、ですか？」

ニコラは思案の視線を一瞬だけ宙に逃がすと、

「……では、一つだけ。ルチェラさんを私にください」

「――――っ」

言葉に詰まるカイを初めて見た。ニコラはその顔を悪戯《いたずら》っぽく眺め、
そう言ってやっと笑った。見る者全ての心を掌《てのひら》で包むようないつもの笑顔だった。

「冗談ですよ」

「さすがの閣下にも一つ見落としがございます。皇后様は押さえたと仰《おっしゃ》いましたが、こ

の計画はアレクサンドラ様一人で思いついたものではございません。裏でさらに糸を引く人間が」

「まさか、隣国が絡んでいるのか」

ニコラは何も答えずに緩やかな笑みでもって返事とした。

また湖の風が金色の髪の毛にじゃれつく。それはまるで、ニコラの手を引き誘い込もうとするかのようだった。

「閣下、あなたにお仕えできて幸せでした。ルチェラさんは故郷に縛られず自由に生きてくださいね」

「待ってください、ニコラさん！」

だめだ。そっちに行かないで。

「ああ、どうしよう。最後だし言っちゃおうかなぁ。でも、恥ずかしいなぁ」

「ニコラさん！」

「さようなら、初恋の人」

私の言葉に送られるようにしてニコラは飛んだ。

長い金色の髪の毛が、駆け寄ったカイの手をすり抜けて翼のように広がる。

青い湖面に向かって飛ぶニコラは、やっぱり天使のように見えた。

終章　それから

その後、マルジョッタ皇国は未曾有の大混乱に陥った。

七百年振りに行われた選択の儀はもちろん延期となり、当主を喪《うしな》ったトルガン家は聖《せい》皇帝《こうてい》暗殺の罪により領地の没収と家の断絶が命じられた。長きにわたってマルジョッタ皇国を支えてきた八公爵の一角が堕《お》ちるのは建国以来初のことであり、国内外に小さくない衝撃を与えることとなった。

一方のアレクサンドラ皇后は証拠不十分のため首の皮一枚で捕縄をかわし、しぶとく王宮に影響力を残している。主犯と目される皇后への追及が緩かったのは、マルジョッタ皇国の混乱を見た隣国が結んだばかりの停戦協定を早々に反古《ほご》にして兵を進めてきたからだ。

ローリー筆頭公爵が臨時で国の指揮を執っていなければ、すぐにでも攻め滅ぼされていたかもしれない。

隣国の侵略部隊を水際で追い返したのはラグフォルツ家の単独軍。

指揮官でありながら兵の先頭に立ち獅子《しし》奮迅の活躍を示した暴風公爵の名は、隣国にとっては悪夢の象徴として、マルジョッタ皇国にとっては不屈の英雄として、長く語り継がれることになるのだろう。

そして、私はというと……。

「まったく、お前の歯ぎしりはいつまでたっても収まらんな。せっかく野営地にベッドまで運び込んでいるというのに、あんなもの聞かされ続けたら疲れも取れんわ」

「じゃ、じゃあ、同じテントで寝なきゃいいじゃないですか！」

……まだまだ、暴風公爵の手のうちだったりする。

それどころか、従軍し同じテントで寝泊まりまでさせられていたりする。

「待ってください、カイ様！　どう考えてもおかしいじゃないですか。なんでまだ私の寝言監視が継続されてるんですか。もう聖皇帝殺しの疑いは晴れたんでしょ、寝室を一緒にする意味ないじゃないですか。ねえ、カイ様！」

慌ただしい朝の野営地に私の叫び声が混じる。

最初こそ公爵に面と向かってたてつく女に戸惑っていた兵士達も今ではすっかり慣れたもので、こうして追い回していても誰一人として振り返る素振りもみせない。

「却下だ。俺は最初に言っただろう。失った全ての記憶を取り戻すまでお前を手放すつもりはないと」

「そ、それはそうですけど……」

「お前、まだなんにも思い出してないだろうが」

「むぐ」

な、なんにもではないです。ちょっとは思い出してます。懲罰房でのイッター様とのやり取りとか、トルガン様が聖皇帝もろとも橋を爆破したシーンとかは思い出しています……断片的に。ぼんやりと。切れ切れに。

「俺の疑いは晴れたが、ルチェラにはまだまだ思い出してもらわなくてはならないことが山とある。特に、不思議な力を持つという一族の記憶や、お前自身の能力についてはな。この国の立て直しに大いに役立つ可能性がある」

「えー。そんな力、とっくの昔になくなってるって聞きましたけど」

私がぼやくと、カイはにわかに足を止め私の目を覗《のぞ》き込んだ。

「な、なんですか……」

カイの漆黒の瞳は、最近少し底に含む色が変わったような気がする。見つめられると目が離せなくなるのは相変わらずだけど、そこに以前感じていた恐怖や圧力は微塵《みじん》もなくて。むしろ、心が優しい泡で満たされていくようで、私の方から目を離したくなくて……。

「ないならないでかまわん。だが、推測ではだめだ。ちゃんと失われたことを思い出せ」

「あ、待ってください、カイ様」

こんな兵士だらけの場所に置いて行かないでください。

野営地は小高い丘の中腹にある。カイはそこから供も連れずにさらに登り、頂上からの景色を見渡した。眼下にはどこまでも続く若草の平原。美しい緑の連なりにサルビアの紫が彩《いろどり》を添えていた。

綺麗《きれい》だな、素直にそう思った。

明日はここが戦場となるのだろう。

まさか、修道女の私が戦に駆り出されることになるなんて。来たるべき戦を思い描いているのだろうか、カイは平原を見下ろしたまま口を開いた。

「ルチェラ、恐らく明日の一戦でおおよそのけりがつく。今までよく付き合ってくれたな」

「……はい」

「女のお前を戦場まで連れ回したこと、心苦しくは思っている。すまない」

「…………」

「しかし、この行軍は国の存続を賭けた引くことの許されない戦いだ。そういう戦いには心の拠《よ》り所が必要なんだ」

「拠り所……ですか」

「神託者が従軍している事実が、兵の心を何倍も強くする」

――それはカイ様の心もですか？

そう尋ねようとしてやめにした。

沈黙を埋めるように平原に風が走る。緑の草が波立ち、湖を見下ろしているような錯覚に陥った。

「……ニコラさんはどうなりました？」

「まだ、遺体は浮かんでこない」

「そうですか」

「湖底の水草に絡まっているのかもしれん。あるいは川の方に流されたのかもしれんし、生き物に食われてしまったのかもしれん」

……あるいは、どこかで生き延びてくれているのかも。

そう考えてしまう私は、またお人好《ひとよ》しだと呆《あき》れられるのだろうか。

笑われてもバカにされてもいいから、ニコラに生きていて欲しいと強く願った。

『ここでの暮らしは結構気に入っているんです』、そう言って笑っていたニコラが本当にカイを裏切ったはずがないのだから。

騒動の後にカイから教えてもらった。ニコラはずっと故郷の家族を人質に取られていたのだと。皇后にずっと脅され続けていたのだと。

きっとニコラは表向きだけカイを裏切ったふりをして、その実、主《あるじ》を守るために精一杯働いていたのだろう。カイなら乗り越えられる範疇《はんちゅう》の情報だけ皇后に流し、必死の綱渡りを演じてきたに違いない。

ニコラが、私の素性に気付いたのは恐らく石橋に続く街道で私の金色の眼《め》を見た時だ。もしかすると私を殺せと命令されたこともあったのかもしれない。

それでもニコラは私を守ってくれた。自分の手を汚すことも厭《いと》わずに。

「カイ様は、いつからニコラさんと皇后様の繋《つな》がりに気付いていたんですか？」

「…………」

私の質問は風に掻《か》き消されてしまったのか、それともカイがそういう体を装ったのか、答えが返ってくることはなかった。

だから、何となくわかってしまった。

カイは初めからニコラの正体を知った上で傍《そば》に置いていたんだ。情報源として逆に利用するつもりだったのか、あるいは身の上に同情したのか。

「あいつのことだ。涼しい顔をして屋敷《やしき》の玄関から帰ってくるかもしれないな」

「それちょっと、あるかもしれませんね」

……それとも、案外ただ単に気が合っただけなのかもしれない。

そうであって欲しい。

そうだといいな。

「もう行くぞ、ルチェラ」

風に顔を背けるとカイは先立って歩き出し、すぐにまた足を止めた。

「……まだ、ルチェラでよかったか？」

「はい？」

そして、振り返って私に尋ねる。

「お前の名前だ。ルチェラは修道名を思い出すまでの仮の呼び名だっただろう。まだ、ルチェラのままでもよかったのか？」

えー、今頃？　今頃それ言いますかー？

「今更何言ってるんですか。散々ルチェラルチェラって呼びつけておいて」

「別に忘れていたわけじゃない。元修道女であることを隠しておきたかっただけだ」

えー、本当かなぁ。怪しいなぁ。

「で、どうする。これはお前が決めるしかないだろう。ルチェラとニーナ、どっちの名前を名乗りたい？」

「うーん、そうですねぇ」

私はわざとらしく眉間に皺《しわ》を寄せ、いかにも思案しているかのように腕を組んだ。

あくまで振りだけだ。答えはすでに決まっている。

「はい、決まりました！　私の名前は――」

「もったいぶるな。さっさと言え、ルチェラ」

あ、ちょっと先に言わないでくださいよ。

ごめんなさい、神様。私は当分、あなたの下には帰れそうにありません。

富士見Ｌ文庫

暴君公爵《ぼうくんこうしゃく》の不敵《ふてき》な溺愛《できあい》
「思《おも》い出《だ》すまで逃《に》がさない」と迫《せま》られてます

教山《きょうやま》ハル

2024年７月15日　初版発行

発行者　山下直久
発　行　株式会社 KADOKAWA
〒102-8177　東京都千代田区富士見2-13-3
電話　0570-002-301（ナビダイヤル）

印刷所　株式会社暁印刷
製本所　本間製本株式会社
装丁者　西村弘美

ISBN 978-4-04-075443-7 C0193